Linda M. Shey

Von Narren und Nachtfaltern

1. Auflage Februar 2024
Erschienen bei 8280-edition.ch

Hafenstrasse 4 – 8280 Kreuzlingen - Schweiz

Lektorat: Martina Reichert

Satz und Umschlaggestaltung: 8280-edition.ch
Druck und Bindung: Poligraf sp. z o.o.55-093 Brzezia Laka,
Printed in PL

Für alle, die um ihr Zuhause kämpfen müssen

Vorwort

Das vorliegende Buch ist der erste Teil der »Hiraeth-Chronik« und nimmt die Leserinnen und Leser mit auf eine magische Reise durch die Geschichte und Sagen rund um die Völker des Kontinents Hiraeth. Im Inhaltsverzeichnis finden sich zu jedem Kapitel Liedvorschläge, die mir zu den Inhalten einfielen und ein ganzheitliches Abtauchen in die Welt der Narren und Nachtfalter ermöglichen mögen. Ich wünsche eine gute Reise!

Danksagung

Ich möchte mich herzlich bei allen bedanken, die die Entstehung der Narren und Nachtfalter begleitet haben. Der Drei-Generationen-Hexenzirkel: Danke, dass es unser Trio Infernale gibt und ihr immer an mich und mein Schreiben glaubt. Bei dem Opa ist das ja aber auch kein Wunder! Danke an Mohammad, dass du meine Vision ernst nimmst und mir jede Gelegenheit zum Schreiben ermöglichst. Ohne dich gäbe es Jezael und Darilath nicht.

Und Iyan – danke, dass ich die Welt durch deine Augen betrachten und so viel Neues lernen und fühlen darf.

Danke Yasmin, dass du mir seit 15 Jahren mit Rat und Tat zur Seite stehst. Always & Forever.

Ein riesiges Danke gilt auch Martina Reichert, die viel Liebe und Zeit in die Narren und Nachtfalter gesteckt und meine Yoda-Grammatik hier und da zurechtgebogen hat. Und ebenfalls an 8280-edition und Stephan Militz: Danke für das Vertrauen und Abenteuer!

Und zu guter Letzt möchte ich natürlich allen Leserinnen und Lesern danken, die mit mir in die Welt der Narren und Nachtfalter reisen.

Elar Marôn! ƸӜƷ

Tulophidel

Als Alizar Tyrowe die Haustür hinter sich zuzog, den Regenschirm öffnete und den schmalen steinigen Weg zur Straße lief, stellte sie fest, dass sie kaum ihre Hand vor Augen erkennen konnte, wohin sie auch blickte. Es goss wie aus Kübeln. Ihr Haus lag abseits der Hauptstraßen Tulophidels und stand dort für sich allein. Die Kronen der nebenstehenden Bäume tanzten im Sturm, es war natürlich weit und breit keine Menschenseele zu sehen. In diesem Moment teilte ein Blitz den Himmel und erhellte die Bergspitzen, die bedrohlich über dem Tal prangten, gefolgt von einem Mark und Bein erschütternden Donner.

Alizar seufzte. Das war kein gutes Zeichen. Sie hatte eine Woche frei gehabt und war nun auf dem Weg zu ihrer Arbeit im Hospital. Es lag am anderen Ende des kleinen Dorfes, in dem sie seit ihrer Kindheit lebte. Bis sie dort angekommen war, wäre sie vermutlich komplett durchnässt. Sie wäre viel lieber zu Hause im Bett geblieben, mit einem warmen Tee und einem spannenden Buch, stattdessen zirkelte sie nun um grosse Pfützen herum, um ihren leidigen Nachtdienst anzutreten. Sie arbeitete seit beinahe drei Jahren als Krankenschwester in dem kleinen Hospital. Sie mochte es zwar, den Menschen zu helfen, aber sie hätte auf die Zusammenarbeit mit ihren Kollegen verzichten können. Ihre Kolleginnen konnten sie nicht ausstehen. Das beruhte zwar weitestgehend auf Gegenseitigkeit, nur wusste Alizar nicht, was sie getan hatte, um in deren Ungnade gefallen zu sein.

Plötzlich schien es aus allen Richtungen zu regnen, als wäre sie ein Fremdkörper auf diesen leeren Straßen, den es loszuwerden galt. Sie lief eilig die dunklen Gassen entlang, an vielen kleinen Häusern vorbei. Etliche waren unbewohnt, in manchen brannte Licht. Es war nun schon beinahe die Abendstille; in der nächsten Stunde durfte man das Haus nicht mehr verlassen – zumindest, wenn einem das Leben lieb war. Sie hielt an einem Haus inne, dessen Fassadenfarbe bereits stark verblasst war. Hier hatte sie gelebt, bevor –

Die Holzläden an einem der maroden Fenster knallten lautstark gegen die Hauswand und Alizar erschrak. Sie schluckte und lief schnell weiter. Stürmische Tage waren in Tulophidel nicht ungewöhnlich, aber heute schienen die Götter besonders wütend zu sein. In der Ferne sah sie endlich das Dach des kleinen Krankenhauses aufblitzen. Das St. Kardens Hospital war einmal eine prächtige Klinik gewesen, mittlerweile war es eine heruntergekommene Baracke, in die fast nur Betrunkene und Verletzte aus der Gegend kamen, um sich auszuschlafen oder sich verbinden zu lassen. Die Kirche liess das Hospital aber nicht ganz verfallen, und so war dahinter ein liebevoll bepflanzter Park, der an Tulophidels verbotenen See grenzte.

Alizar betrat den Eingangsbereich und stampfte die mitgebrachte Nässe ab. Während hier tagsüber vielleicht noch vereinzelt Menschen zu finden waren, so blickte sie jetzt nur Golav, der Nachtwächter, an. Alizar nickte ihm überrascht zu, üblicherweise schlief er im Sitzen. Sie schüttelte sich und fühlte sich wie ein nasser Hund. Sie war wirklich bis auf die Haut nass geworden. Ihren Regenschirm klappte sie missmutig zusammen und strich sich die nassen braunen Haare aus der Stirn, bevor sie die Treppe hoch stieg und ihre Station betrat. Der lange Flur lag ruhig vor ihr.

Das, dachte sie, ist ein gutes Zeichen.

St. Kardens Hospital

»Oh, habe ich heute die Ehre, mit *dir* Dienst zu haben?« erklang eine herablassende Stimme aus dem offenen Umkleideraum. »Dann kann ja nichts mehr schiefgehen. Du verstehst ja nicht einmal, wie man einen Regenschirm nutzt! Da kann ich mir denken, an wem die Arbeit heute Nacht hängen bleiben wird.« Eine andere Stimme kicherte. Alizar verdrehte die Augen und trat in die Umkleide ein. Vor ihr standen zwei ihrer Kolleginnen. Sie fixierte diejenige, die sie angesprochen hatte, mit einem abschätzigen Blick und sagte: »Bei diesem Sturm hätten mir zehn Schirme nichts gebracht, und außerdem verdrückst du dich doch sowieso und machst einem der Ärzte schöne Augen. Wen trifft es heute? Dovish? Silvan? Na, wer hat heute Dienst?«

Stille. Sie hatte ins Schwarze getroffen.

Vielleicht war das der Grund, wieso ihre Kolleginnen sie nicht sonderlich mochten, sie ließ sich deren Gemeinheiten nicht gefallen, schon gar nicht, wenn man grundlos auf sie losging. Amalie und Terenzia gingen an ihr vorbei. Amalies Gesicht hatte die Farbe ihrer roten Haare angenommen. Sie hatte kleine Augen und schmale Lippen und blickte immer gehässig drein, wenn sie nicht gerade mit spitzen Bemerkungen um sich warf. Alizar verstand bis heute nicht, warum Amalie Krankenschwester geworden war. Sie war der Inbegriff der Unzufriedenheit und Alizar hielt sich vor Augen, dass dies nicht von nirgendwoher kommen konnte. Terenzia dagegen hatte ein offenes, angenehmes Gesicht und war eigentlich auch ganz nett. In Amalies Gegenwart war sie allerdings genauso unausstehlich.

Nur um dazuzugehören, dachte Alizar. Was manche nicht alles dafür tun. Oder vielleicht auch, um nicht selbst die Gemeinheiten ertragen zu müssen?

So wirklich gut kannte Alizar ihre Kolleginnen allerdings nicht. »*Ich* habe heute Dienst!«, sprach eine blasierte Stimme, und ein Mann trat aus der hinteren Ecke des Umkleideraumes, die von einem Spind verdeckt war. »Und ich hätte nichts dagegen, wenn *du* mir mal schöne Augen machen würdest.« Vor ihr stand Dovish, ein junger Arzt mit blonden Locken und braunen Augen, der verschmitzt grinste. Alizar straffte die Schultern. »Ich trenne Arbeit und Freizeit«, gab sie kühl zurück.

Dovish war bekannt dafür, dass er jeder jungen Frau Angebote dieser Art machte. Insbesondere denen, die kein Interesse an ihm bekundeten, so wie Alizar. Er war der Sohn eines Geistlichen und vermutlich nur deshalb an Tulophidel gebunden. Die meisten Ärzte des Hospitals waren nach Cicefa oder Athanasía gegangen. Dovish antwortete schulterzuckend:

»Wie langweilig. Falls du es dir überlegst, lass es mich wissen.« Er zwinkerte ihr im Vorbeigehen zu und verließ den Raum.

Alizar schnaubte genervt, schälte sich aus Schichten nassen Stoffes und zog sich rasch ihre Dienstkleidung an. Sie hatte kein Interesse an einer belanglosen Liebelei. Sie hatte, wenn sie so darüber nachdachte, Interesse an nichts ausser ihren Büchern. Es war da sonst auch nicht mehr viel neben ihrer Arbeit. Die meisten Menschen, die Alizar gut gekannt hatte, hatten Tulophidel in den letzten Jahren verlassen oder waren tot. Sie hatte nicht das nötige Geld, um in eine Stadt zu ziehen, weil der König hohe Summen dafür verlangte, und so war sie in Tulophidel gefangen.

Sie dachte kurz an Lilleth und ihr Herz wurde schwer. Irgendetwas hatte der heutige Tag an sich und in ihr wuchs das Gefühl, dass der heutige Dienst kein guter werden würde.

Mausefallen

Alizar sollte Recht behalten. Nachdem sie bei einem ihrer Patienten im Zimmer war, einem alten Mann mit einer Wunde von einem Fleischmesser, kamen gleichzeitig schon wieder zwei neue Patienten. Amalie übernahm den Mann und Alizar die Frau. Sie betrat den Raum, in den sie gebracht worden war, und ihr schlug der beißende Geruch von Alkohol entgegen. Alizar hatte ihn schon so oft gerochen und trotzdem zog sich jedes Mal ihr Magen zusammen. Vor ihr im Bett lag eine junge Frau, die Extremitäten von sich gestreckt und laut schnarchend.

Alizar kannte sie. Sie hatte sie schon öfter durch das Fenster des Wirtshauses *Zur Zitterpappel* im Dorfkern gesehen, in der sich auch morgens schon die armen Seelen trafen, die das Leben nüchtern nicht ertrugen. Wie ihr Vater einst. Noch vor wenigen Monaten waren ihre Haare gepflegt und sie nicht jeden Tag in der *Zitterpappel* gewesen. Ihr Name war Irma und sie war nur wenige Sommer älter als Alizar. Ihrer Familie hatte im Dorfkern ein Barbier- und Haarsalon gehört, bis auch dieser – wie viele andere Häuser – bei einem nächtlichen Raubzug verwüstet worden war. Dabei hatte der Salon Feuer gefangen und Irmas Familie war in den Flammen gestorben. Nur sie nicht. Aber wenn sie so weitermachte, würde sie ihre Familie schon bald wiedersehen.

Neben der Frau auf dem Boden lag eine Pfütze Erbrochenes. Alizar blickte die Frau mitleidig an. Sie hatte sich direkt neben den Eimer übergeben. Alizar stellte fest, dass das zu dieser stürmischen Nacht passte.

Irma schnarchte einmal laut auf. Alizar schloss die Augen und atmete tief ein. Sie konzentrierte sich und glitt in einen Zustand, der sie schemenhaft den Körper der Frau, undeutlich wie durch einen Nebelschleier, sehen ließ. Nichts an dem, was sie sah, beunruhigte Alizar oder stach in leuchtenden Farben hervor. Die Frau hatte keine Schmerzen oder Verletzungen, sie hatte sich nur in die Besinnungslosigkeit gesoffen. Alizar öffnete die Augen und blinzelte.

Die Vermutung, dass sie mehr sehen und spüren konnte als andere Menschen, beschlich sie erstmals, als sie noch ein kleines Mädchen war. Sie war gerade fünf Jahre alt geworden, als sie eine Maus im Keller ihres alten Hauses fand, die Opfer einer Falle ihres Vaters geworden war. Die Maus hatte sie nur mit großen Augen angeschaut und auf ihr Ende gewartet. Alizar hatte sie vorsichtig aus der Falle befreit und auf den Boden vor sich gesetzt. Da sie den Keller eigentlich nicht betreten durfte und leise sein musste, um nicht von ihrem Vater erwischt zu werden, hatte sie versucht, der Maus in Gedanken zu vermitteln, dass es ihr sehr leid täte. Dabei hatte sie die Augen fest zusammengekniffen und war vollkommen konzentriert gewesen, als der kleine Körper der Maus plötzlich angefangen hatte zu leuchten. Sie war der Meinung gewesen, sie hätte der Maus noch mehr Schaden zugefügt und sie dann weinend mit ihrem Zeigefinger gestreichelt, bis das rote Leuchten weniger und weniger geworden war. Die Maus war plötzlich aufgesprungen und Alizar hatte sie verwirrt in den Garten entlassen. Es bedurfte noch zwei weiterer Situationen dieser Art, bis sie verstanden hatte, dass sie Wunden und Verletzungen sehen und heilen konnte.

Ihren blutüberströmten Vater, der am Boden gelegen und nach Luft gejapst hatte, hatte sie aber nicht mehr heilen können. Er war an seinem Blut erstickt und Alizar hatte nichts tun können, außer in seine aufgerissenen Augen zu starren.

Sie verbannte die Erinnerung schnell und begann, das Erbrochene aufzuwischen. Danach zog sie der Frau ihre schmutzigen Stiefel aus und rollte sie vorsichtig auf die Seite, für den Fall, dass sie wieder erbrechen würde. Alizar stellte noch etwas Wasser bereit, dann lauschte sie nach der Atmung, fühlte den Puls der Frau und beschloss, dass sie beruhigt zu ihrem nächsten Patienten gehen konnte. Die junge Frau musste nur ihren Rausch ausschlafen.

Drohungen

Alizar stand am Aktenwagen, der mit den nötigsten Materialien und Patienteninformationen ausgestattet war, als Amalie aus einem Zimmer gestürmt kam und rief: »Was für ein unverschämter –«

Sie verkniff es sich, den Satz zu beenden. »Alizar, da wirst du reingehen. Ich übernehme deinen anderen Patienten. Meinetwegen auch die Besoffene.« Sie war außer sich vor Wut und knurrte: »In dieses Zimmer werde ich keinen Fuß mehr setzen. Ihr beide versteht euch sicher blendend!« Alizar runzelte die Stirn, war aber dennoch neugierig, was vorgefallen war. Amalie presste wütend die Lippen aufeinander, nahm sich die zwei Akten von Alizars Wagen und gab ihr im Gegenzug die Akte des Patienten, aus dessen Zimmer sie gestürmt war.

Darauf stand aber kein Name. Alizar öffnete die Akte, aber auch da stand nichts. Gar nichts. »Amalie, die Akte hier ist leer!«, begann sie genervt, musste dann aber feststellen, dass Amalie schon wortlos gegangen war. *Danke auch,* dachte sie und schnaubte. Sie musste also die Akte mit der Person gemeinsam ausfüllen. Es war wichtig, grundlegende Informationen zusammenzutragen, Verletzungen, wen man im Todesfall benachrichtigen sollte, solche Dinge halt.

Sie blickte auf die Uhr. Es war schon Mitternacht. Ein Blick aus dem Fenster am Ende des Ganges verriet ihr, dass das Wetter mit fortschreitender Stunde ruhiger geworden war. Es regnete noch leicht, aber der Sturm war weitergezogen. Sie nahm die Akte und etwas Wasser in einem Glas und klopfte zaghaft an der Tür des neuen Patienten. Vorsichtig öffnete sie diese, doch sie konnte nichts erkennen. Der Raum lag komplett im Dunkeln.

»Guten Abend«, sprach Alizar höflich in das dunkle Zimmer, ohne dass sie eine Antwort erhielt. Mein Name ist Alizar und ...« – »Weder interessiert es mich, *wie* Ihr heißt, noch *wer* Ihr seid. Tut Euch selbst den Gefallen und geht, bevor Ihr, wie Eure Freundin, Euer eigenes Gift zu schmecken bekommt«, unterbrach sie eine männliche Stimme in einem Ton, der keiner Lautstärke bedurfte. Er sprach mit einem deutlichen Akzent, den sie noch nie gehört hatte. Alizar versuchte sich umzublicken, konnte aber in dem Zimmer nicht viel erkennen.

Sie trat vorsichtig näher und kniff die Augen zusammen. »Sie ist *nicht* meine Freundin«, entgegnete sie genauso kühl und ging einen weiteren Schritt auf das Bett zu. Grob konnte sie erkennen, dass dort jemand aufrecht im Bett saß, jedoch das Gesicht abgewandt hielt. Die Person drehte sich ruckartig um, als Alizar noch einen mutigen Schritt näher trat.

»Wenn Ihr noch einen Schritt näher tretet«, zischte der Mann, »garantiere ich Euch, werdet Ihr es bereuen!« Sein Ton war unmissverständlich.

Alizar wunderte sich über die Art und Weise, in der er sprach. Abgesehen von seiner klaren Warnung klang seine Wortwahl vornehm und die Akzentuierung der Worte klang seltsam fremd. Offensichtlich sprach er eine andere Sprache, beherrschte die ihre aber fließend. Sie fragte sich, woher dieser Mann wohl kommen mochte. Sie hätte ihn gerne angeschaut, wollte es aber nicht darauf ankommen lassen. Seufzend trat sie einen Schritt zurück und stellte das Wasser auf den Tisch.

»Möchtet Ihr etwas gegen Eure Schmerzen haben?«, fragte Alizar vorsichtig. Der Fremde stieß zwischen zusammengebissenen Zähnen wütend hervor: »Woher wollt Ihr wissen, dass ich Schmerzen habe?« Alizar lächelte wissend dahin, wo das Bett stand. Irgendwie hatte er es geschafft, sich in absoluter Dunkelheit zu verstecken, obwohl der Mond hell ins Zimmer schien.

»Nun, Ihr seid weder neugeboren noch betrunken oder tot, viele weitere Gründe, nachts in diesem Hospital zu landen, gibt es nicht«, erklärte sie ihm. Sie verzog das Gesicht zu einer Grimasse. »Und Euer freundliches Wesen spricht auch dafür, dass Ihr nicht ganz schmerzfrei sein dürftet.« Zu ihrer Überraschung bekam sie ein belustigtes Schnauben als Antwort. »Mein freundliches Wesen ist tatsächlich von Schmerz unabhängig!«, gab der Mann zurück. Alizar schüttelte den Kopf und murmelte verbissen: »Wie reizend!«

Ihr fiel die Akte ein und sie begann tonlos: »Ich habe ein paar Fragen an Euch, für meine ...« Sie konnte den Satz gar nicht beenden, weil der Fremde sie sofort unterbrach: »Nein. Ich werde nicht lange bleiben.« Er sagte dies zwar ruppig, aber etwas in seinem Tonfall ließ sie aufhorchen. Was meinte er damit? Wollte er sich am nächsten Tag selbst entlassen?

Alizar schloss die Augen und glitt rasch in den Schleierzustand. Sie fühlte in Richtung des Bettes und konnte schemenhaft spüren, dass der Mann, der dort saß, groß war und eine sportliche Statur hatte. Sie sah, dass sein Körper von einem eisig blauen Schein umhüllt war und er eine große Wunde an der Hüfte hatte, die leuchtend rot pulsierte.

Sie öffnete die Augen und blinzelte. Der Mann war von Kopf bis Fuß nass, zitterte und hatte dazu noch eine tiefe Verletzung. Ob er auch in den Sturm gekommen war? Sie musste sich ein genaues Bild von der Wunde machen, aber es lag nahe, dass er das nicht zulassen würde. Alizar ahnte, dass er mehr Schmerzen haben musste, als sie angenommen hatte, und scheinbar konnte er es auch gut überspielen.

Sie konnte ihn zwar nicht zwingen, ihr die Wunde zu zeigen, aber sie konnte etwas dagegen tun, dass er fror. Also ging sie an den Schrank neben der Tür und nahm einige Handtücher heraus sowie eines der Hemden und Hosenpaare, die dort vorrätig lagen. »Wenn Ihr vorhabt, morgen wieder zu gehen, solltet Ihr zumindest trocken sein!«, sagte sie tadelnd. Der Fremde antwortete nicht. Sie wartete.

»*Alizar* heißt Ihr?«, fragte der Fremde. Sie nickte. Er bewegte sich aus dem Schatten, indem er Gesicht und Oberkörper in ihre Richtung drehte. »Nun, Alizar, wollt Ihr hier warten und mich anstarren, während ich mich meiner Kleidung entledige?« Alizar zog die Luft ein. Der Fremde, der dort im Bett saß, grinste sie an und Alizar hatte es die Sprache verschlagen. Seine schwarzen Haare klebten ihm nass auf der Stirn. Unter dunklen Augenbrauen funkelten warme braune Augen sie an. Seine Haut war ebenmäßig, deutlich dunkler, als es in Martagon üblich war, und sein Gesicht zierte ein Lächeln, das sie nicht mit seiner unausstehlichen Art in Einklang bringen konnte. Alizar starrte ihn an und vergaß, sich in Bewegung zu setzen, was ihn nur noch spöttischer schauen ließ.

Spitze Zungen

Was, bei den Göttern, ist los mit mir? Als hätte ich noch nie einen ansehnlichen Mann gesehen, schimpfte Alizar sich. Sie räusperte sich in die Gegenwart zurück und setzte ein diebisches Lächeln auf. »Schade, dass Eure spitze Zunge Euch nicht Eure Hüftverletzung nehmen wird!«, erklärte sie selig. Sein selbstgefälliges Grinsen erstarb und eine tiefe Falte bildete sich auf seiner Stirn. »Woher wisst Ihr von meiner Verletzung?«, fragte er sie und das Misstrauen in seiner Stimme ließ nun Alizar selbstgefällig grinsen. Der Fremde drehte den Oberkörper mit schmerzverzerrtem Gesicht, während er sich im Zimmer umzuschauen versuchte.

»Wer seid Ihr?«, fragte er lauernd. Alizar war sich sicher, dass er mit dieser Wunde keine Gefahr für sie darstellen würde. Sie ging trotzdem rasch zur Tür und öffnete diese, während sie seinen abfälligen Ton mimte: »Habt Ihr Eure Meinung geändert? Ihr sagtet doch, wie ich heiße und wer ich bin, interessiere Euch nicht!« Sie winkte ihm zu und fuhr fort: »Und wenn ich das nächste Mal nach Euch schauen komme, verehrter Fremder, verratet mir doch bitte« – sie lächelte ihn gekünstelt an an – »wie Euch das eigene Gift schmeckt!«

Hastig zog sie die Tür hinter sich zu. Sie hätte gerne sein Gesicht gesehen. Was für ein unverschämter ... Alizar atmete aus. Widerwillig musste sie grinsen. Amalie und sie waren sich wohl endlich einmal einig. *Immerhin habe ich es ihm ein klein wenig heimgezahlt,* dachte sie selbstzufrieden. Sie schaute auf die Uhr; in einer Stunde würde sie wieder nach ihm schauen gehen.

»Wusste ich doch, dass ihr euch verstehen würdet«, spottete Amalie plötzlich neben ihr. Alizar hatte sie gar nicht bemerkt. Scheinbar hatte Amalie das Ende des Gesprächs von ihrem Aktenwagen aus mitbekommen. »Zwei Narren. Wie passend!«, lachte Amalie auf, aber es war nichts Freundliches in ihrem Lachen. Alizar funkelte sie nur böse an und widmete sich ihren verbleibenden Aufgaben.

Sie richtete gerade die Akten für den nächsten Tag, als sie ein lautes Poltern vernahm. Sie hielt in ihrer Bewegung inne und horchte, aus welcher Richtung das Geräusch gekommen war. Ein lautes Ächzen wies ihr den Weg in eines der Patientenzimmer. Alizar eilte hinein, als sie sah, dass dort jemand vor dem Bett lag, der kläglich versuchte, auf die Beine zu kommen. Sie griff nach dem Arm des Mannes, der sie gar nicht wahrzunehmen schien. Erst als Alizar: »Haltet Euch an mir fest, ich ...«

Der Mann hob urplötzlich den Kopf und entriss ihr

seinen Arm. Wütend rief er: »Lass mich los, fiese Kröte!« Alizar hatte Mühe ihn zu verstehen, so stark lallte er. Sie ging ein paar Schritte rückwärts, um nicht von ihm getroffen zu werden, und musterte ihn argwöhnisch. Er war groß wie breit und sie wollte sich nicht mit ihm anlegen. Der Mann starrte sie nun konzentriert an, als versuche er sie zu erkennen und auch Alizar blickte ihn im nächsten Moment fassungslos an. »Tamas?«, fragte sie irritiert. Der Mann schien auch Alizar nun wiederzuerkennen, denn seine Gesichtszüge glätteten sich. Er seufzte laut auf. »Alizar, du bist es!«

Alizar trat näher und streckte ihm die Hand entgegen, die er ergriff, und gemeinsam gelang es ihnen, dass er auf dem Bett landete. »Dein Vater schuldet mir mindestens zwei Säcke Gold!«, blaffte er sie nun an und hob ihr drohend einen Finger ins Gesicht. Sie klopfte Tamas auf den Rücken und entgegnete ihm kühn: »Und mir schuldet er mindestens zwei Säcke Gold *und* eine Kindheit!« Noch ehe sie den Satz ausgesprochen hatte, bereute sie es. Tamas seufzte und zeigte auf den Platz neben sich. »Mit dem Tod deiner Mutter is das letzte bisschen Menschlichkeit in ihm gestorben!« Alizar schluckte und nickte dann. Sie wusste nicht, wie ihr Vater gewesen war, bevor ihre Mutter gestorben war. Dafür war sie noch zu jung gewesen.

Doch Tamas war nicht der Erste, der behauptete, dass ihr Vater einmal anders gewesen war. Die beiden Männer hatten oft gemeinsam um Geld gespielt, insbesondere in den letzten Jahren vor seinem Tod, als er es darauf angelegt hatte, alles zu verlieren. Er hatte ihr Haus verspielt, sodass sie gemeinsam in zwei heruntergekommenen Zimmern hausen mussten. Alizar erinnerte sich nur zu gut daran, dass sie oft Magenschmerzen gehabt hatte, weil ihr Vater das Essensgeld verspielt hatte. Und er hatte seinen Frust darüber oft an ihr ausgelassen. Die Erinnerungen packten Alizar und sie musste sich zwingen, ruhig zu atmen. Sie war kein Kind mehr und er war tot. Wie so oft verbat sie sich, die Gefühle zuzulassen. Jedes Mal, wenn jemand sie vermeintlich auf ihn ansprach, versuchte sie zu überspielen, was offensichtlich war: Er war zwar tot, doch für Alizar war er immer präsent. Hinter jeder Straßenecke verbargen sich schmerzhafte Erinnerungen, in denen sie wieder klein und schwach war. Aber sie konnte sich nicht erlauben schwach zu sein, denn sie war auf sich allein gestellt. So hatte sie alle Emotionen hinter eiserne Türen und hohe Mauern gesperrt.

Alizar blickte zu Tamas, der mit Mühe die Augen offenhalten konnte. »Hast du dir weh getan, Tamas? Bist du auf dem Kopf gelandet?« Tamas schüttelte den Kopf und nuschelte: »Nur auf mei'm Hintern!«

und schloss selig seine Augen, als Alizar seine Beine auf das Bett hievte. Sie blickte sich im Zimmer um. Glücklicherweise stand eine Matratze an der Wand, die sie mit Mühe vor Tamas Bett zerrte. Sollte er nochmals aus dem Bett fallen, würde er weicher landen. Alizar mochte ihn nicht sonderlich, aber wer war sie, um ihn zu richten?

Als sie wieder auf den Flur trat, kam ihr ein kleiner Mann entgegengehumpelt. Als Alizar sah, wer es war, stürmte sie ihm entgegen. »Perin!«, rief sie. »Was machst du denn hier?« Der kauzige Mann, der in Alizars Augen schon mindestens 120 Sommer alt sein musste, schenkte ihr ein freudiges Lächeln, als er sie erkannte. »Alizar, meine Liebe! Wie schön, dich zu sehen!«, rief er mit nasaler Stimme und griff nach der Hand, die sie ihm entgegenstreckte. »Mir ist beim Backen ein heißes Blech auf den Fuß gefallen«, erzählte er zerknirscht und deutete auf seinen Fuß, der ordentlich verbunden war. Alizar kannte Perin ihr ganzes Leben lang. Ihm und seiner Frau gehörte ein Laden im Dorfkern namens *Perins Allerlei,* in dem es von Schreibutensilien über Spielwaren bis hin zu Obst, Gemüse und anderen Lebensmitteln allerlei gab. Perin backte jede Nacht, und wenn am Morgen das Dorf erwachte, konnte man in ganz Tulophidel seine Leckereien riechen. Alizar war als Kind bei Perin und Berta ein- und ausgegangen.

Oft hatte Perin gesagt, er hätte zu viel Brot gebacken, ob sie etwas davon haben wolle, es wäre zu schade zum Wegwerfen. Oder Perin hatte gekocht und Berta hatte Alizar zugeraunt, ob sie ihren Teller aussessen mochte, es würde ihr nicht schmecken, und weil es Berta so wenig schmeckte, hatte sie Alizar immer eine große Portion mit nach Hause gegeben. Alizar hatte sich für einen wahren Glückspilz gehalten, denn zufällig passierte das immer an den Tagen, an denen Alizar vor Hunger kaum hatte aufrecht gehen können. Sie musste erst viel älter werden, um zu begreifen, dass sie Perin und Berta mehr zu verdanken hatte, als sie ihnen je danken konnte. Seit sie im St. Kardens Hospital zu arbeiten begonnen und endlich Geld verdient hatte, ging sie mindestens einmal wöchentlich zu *Perins Allerlei* und plauderte mit den beiden und kaufte jedes Mal Kirschtaschen.

»Ich dachte, das wird schon wieder, aber Berta hat mich gezwungen, doch mal jemanden darauf schauen zu lassen«, gestand Perin. Dann neigte er sich etwas näher zu Alizar und druckste unbeholfen herum: »Die Schmerzsalbe, die du beim letzten Mal verwendet hast ... Meinst du, du könntest mir davon etwas auf den Fuß machen? Es schmerzt doch ganz schön und Schwester Amalie findet nicht die Salbe, die du damals benutzt hast.« Alizar erstarrte. Vor ein paar Monaten war er eine Treppe heruntergestürzt und hatte sich zwei Rippen gebrochen. Damals hatte sie ihn ein wenig geheilt und ihm erzählt, es läge an einer besonderen Schmerzsalbe. Sie hatte riskiert, dass jemand ihre Heilfähigkeit entdeckte, aber sie konnte es nicht übers Herz bringen, Perin auf normalem Wege heilen zu lassen. Es hätte Monate gedauert, bis Perin sich schmerzfrei hätte bewegen können.

Alizar nickte verschwörerisch, ging zu einem der Wagen auf dem Flur und kramte eine unbedeutende Kräutersalbe heraus. Sie hakte sich bei Perin ein und bedeutete ihm, auf sein Zimmer zu gehen. Als er sich ächzend auf das Bett gelegt hatte, entfernte sie vorsichtig den Verband und die Kompressen an seinem Fuß. »Oh Perin!«, zischte Alizar. Die Brandblasen hatten sich entzündet und sein Fuß sah schmerzhaft aus. »Hast du ein Glück, dass Berta dich immer im Auge hat«, fügte sie tadelnd hinzu. Sie nahm etwas Salbe und rieb vorsichtig die Haut um die Wunde ein. Während sie kleine, vorsichtige Kreise zog, heilte sie nur so viel, dass die grün entzündete Brandblase sich zurückzog und nur noch eine erhabene Kruste zurückblieb. Schnell bedeckte sie seinen Fuß mit einer frischen Kompresse und wickelte einen Verband darum, bevor Perin sah, dass seine Wunde nun ganz anders aussah. »Den Verband kannst du zwei Tage drauf lassen, ich denke, danach wird es schon deutlich besser sein«, flunkerte sie und wollte schnell das

Zimmer verlassen, bevor Amalie bemerkte, dass Alizar sich mal wieder ihrer Patienten annahm. Perin nickte dankbar und hielt sie am Arm fest. »Schon viel besser, danke!» strahlte er sie an und wackelte mit seinem Fuß. Alizar konnte sich ein Lächeln nicht verkneifen.

«Bestell' Berta einen lieben Gruß von mir», sagte Alizar, während sie sich der Tür zuwandte. «Und passt gut auf euch auf!», fügte sie noch eindringlich hinzu. «Ach, wer würde uns alten Schafen denn etwas zuleide tun?», antwortete Perin und winkte ab. Alizar wurde schwer ums Herz. Sie wollte sich nicht vorstellen, dass jemand den beiden Leid zufügen könnte, aber die Wirklichkeit war, dass *Perins Allerlei* eine Schatzkammer für Diebe und Hungrige war. «Sobald wir wieder Mehl erhalten haben, werde ich dir einen Korb mit den leckersten Teigwaren backen», verkündete Perin feierlich und deutete wieder auf seinen Fuß. Alizar erkannte sofort, dass Perin sie abzulenken versuchte. Und sie musste zugeben, es funktionierte, denn bei dem Gedanken an seine warmen Kirschtaschen lief ihr das Wasser im Mund zusammen. «Das ist nicht nötig, das weißt du doch!», antwortete Alizar und verabschiedete sich dann. Sie nahm sich fest vor, die beiden bald besuchen zu gehen. Aber jetzt würde sie erstmal eine Pause machen müssen, bevor ihr lautes Magenknurren die schlafenden Patienten wecken würde.

Gotteslästerung

Alizar saß auf einem der harten Holzstühle am fahlen Holztisch in dem noch fahleren Pausenraum ihrer Station. Der Tisch stand nah beim Fenster und bot immerhin einen schönen Ausblick über Park und See. Sie nahm einen großen Schluck Wasser und dachte unwillkürlich an den Fremden. Wieso war er so unfreundlich? Unter normalen Umständen wäre es ihr egal gewesen. Tagtäglich musste sie sich mit übellaunigen und manchmal sogar handgreiflichen Patienten herumschlagen. Aber der Fremde machte sie neugierig. Seine Sprache, sein Akzent, sein Aussehen. Er kam nicht von hier, und in einem kleinen Dorf wie Tulophidel fiel dies sofort auf. Die meisten Menschen kannten sich hier, was zwar nicht hieß, dass sie besonders freundlich miteinander umgingen, aber man lebte nebeneinander her und half sich aus, seitdem das Dorf sich selbst überlassen war.

Dies war einmal anders gewesen.

Seitdem der junge König Fyod vor zwei Jahren den Thron bestiegen und kurzerhand beschlossen hatte, dass kleine Dörfer abseits der Städte schlichtweg unwichtig waren, rückte man enger zusammen. So kämpften sich die Menschen, die nicht in die Städte geflohen waren, durch.

Es fehlte an Nahrung und Medizin und niemand mochte sich ausmalen, was noch kommen würde. Martagon war nur ein kleines Land, dessen Nord-, Süd- und Westküste am Meer lag. Die Hauptstadt, die sich von der Mitte des Landes bis zur südlichen Küste erstreckte, hieß Athanasía, dort stand auch der Palast des Königs. Zwischen Athanasía und Tulophidel lagen einige kleine Dörfer und auch Cicefa, eine Stadt, die Alizar schon besucht hatte. Der Osten Martagons grenzte an ein anderes Land, *Darilath*, auch genannt das *Land der Wilden*, über das Alizar nicht sonderlich viel wusste, denn es war verboten, sich der Grenze zu nähern.

Kurze Zeit, nachdem König Fyod gekrönt worden war, begannen auch die abendlichen und nächtlichen Raubzüge, die viele Menschen das Leben gekostet hatten. Auch Alizars Vater. Niemand wusste genau, ob es nur Hungrige und Verzweifelte waren, die die Menschen auf der Straße und zuhause überfielen oder ob mehr dahintersteckte. Manche behaupteten sogar, dass es Wachen des Königs waren, aber nicht in offizieller Uniform in rot, blau oder grün, je nach Zuständigkeit, sondern in schwarz gekleidet. Man nannte sie hinter vorgehaltener Hand *des Königs Krallen,* weil sie Menschen mitnahmen oder sofort töteten, wenn der König es befahl. Alizar hatte sich immer an die Abendstille gehalten, war zuhause geblieben und hatte abgeriegelt. So war ihr nie etwas geschehen. Aber auch sie hatte Verluste ertragen müssen und lebte in Angst, weshalb sie nur nachts arbeitete. Sie fühlte sich im Hospital nachts sicherer.

Gedankenverloren blickte sie aus dem Küchenfenster und biss in ihr Brot, das schmeckte, als würde sie auf einer Schuhsohle herumkauen, nachdem sie von Obst und weichem, frisch gebackenem Brot aus Perins Laden geträumt hatte. Ihr Blick streifte durch die Küche, über ein Bild an der Wand, das einen lächelnden König Fyod zeigte. Er hatte dieses Bild als Geschenk in ganz Martagon verteilen lassen. Die Geistlichen des Hospitals hatten sich geweigert, das Bild aufzuhängen, weil sie es als Gotteslästerung empfunden hatten, sein Bild statt das der Götter aufzuhängen. Daraufhin hatte König Fyod persönlich einen Brief geschrieben, in dem er fragte, ob die Götter oder die Krone das Hospital hatten erbauen lassen, woraufhin einer der Geistlichen einen Herzinfarkt erlitt.

Ruckartig schnellte Alizars Kopf zum Fenster. Hatte sie dort gerade eine Bewegung wahrgenommen? Die Nacht lag dunkel über dem schönen Park. Alizar blinzelte und starrte konzentriert in die Richtung, aus der sie eine Bewegung gesehen zu haben meinte. Einige lange Sekunden vergingen, aber es rührte sich nichts. *Das muss die Müdigkeit sein,* ging es ihr durch den Kopf. Es war nicht unüblich, dass Alizar Schatten sah, wo keine waren, insbesondere, wenn sie viele Nachtdienste am Stück machte.

Sie ließ ihren Blick wieder über den Park schweifen. Es gab nur noch wenige Menschen hier, die Wert auf Ästhetik legten, doch der Park war ein kleines Farbenspiel. Dort waren die schönsten Blumen gepflanzt worden, die sich in einem bunten Durcheinander bis zum Gehweg erstreckten. Der Gehweg, eher ein Rundweg, war von Bäumen umgeben, deren Äste tagsüber Schatten spendeten. Es gab zwei Parkbänke. Eine Bank stand in der Mitte des Parks, die andere stand etwas weiter weg vom Hospital, mit Blick über den See. Vor zwei Jahren war der Zugang zum See abgesperrt worden. Es waren aber noch viele hundert Meter zwischen Bank und See, ein kahler Wald und einige Schilder, die besagten: *Gefahr.*

Nur: Welche Gefahr hier lauerte, wusste keiner, und es wollte auch niemand mehr es herausfinden. Es begann damit, dass kleine Anglerboote auf dem See verschwanden, dann gute Schwimmer. Zuletzt war ein kleiner Junge, der heimlich am Seeufer gespielt hatte, spurlos verschwunden. Danach wurde der Bereich um den See auf Seiten Tulophidels komplett gesperrt und man sah kurze Zeit noch Wachen des königlichen Schutzarmes dort patrouillieren. Die Kontrollgänge wurden weniger und weniger, als der Erfolg der Massnahme sich darin zeigte, dass niemand mehr freiwillig zum Seeufer ging. Um den See herum und auf der gegenüberliegenden Seite des Hospitals erstreckte sich nur dichter Wald bis zu den Grenzen.

Die alten Menschen im Dorf hielten die Verschwundenen für ein schlechtes Omen und waren sich sicher, dass die Timorien zurückgekehrt waren. Alizar kannte die Geschichten dieser Wesen – halb Krokodil, halb Fisch – aus ihrer Kindheit. Bis heute glaubten sie und viele andere jüngere Menschen aber, dass man von den bösartigen und hungrigen Timorien, die nur darauf warteten, sich eine Mahlzeit in die Tiefe zu ziehen, nur erzählte, um Kinder vom Seeufer fernzuhalten. Alizar blickte auf den See. Früher hatte sie selbst oft dort gebadet. Kaum vorstellbar, dass so viele Menschen dort gestorben waren.

Der Regen rieselte jetzt nur noch leicht und der Mond schien nur für den See zu strahlen, der mystisch und stumm dalag. Plötzlich sah Alizar wieder einen Schatten, der sich rasch zwischen den Büschen bewegte. Der Schatten tauchte zwei Bäume weiter wieder auf und verschwand sogleich auch wieder. Sie hatte sich nicht verguckt. Da war jemand! Sie stand auf und versuchte in der Dunkelheit mehr zu erkennen. Dann konnte sie einen kurzen Augenblick eine Gestalt erkennen.

Groß, breite Schultern, und doch schlich die Person in einem Schatten- und Lichtspiel durch den Park. Dunkle Haare und eine gerade Nase konnte sie noch von der Seite wahrnehmen, bevor die Gestalt wieder im Schutz der Schatten verschwand.

Alizar fiel die Kinnlade runter. Das war ihr Patient! Der Fremde wollte sich heute Nacht schon davonstehlen.

Im Schutz der Bäume

Alizar dachte nicht einmal darüber nach, sondern lief sofort aus dem Pausenraum. Auf dem Gang begegneten ihr Amalie und Dovish, die in ein scherzhaftes Gespräch vertieft waren. »Ich bin gleich wieder da!«, rief Alizar den beiden zu, während sie den dunklen Flur entlang in Richtung Treppenhaus lief, die irritierten Blicke ignorierend. Sie sprang die Treppen mehr hinunter als dass sie lief und war auch bald an der Außentür, die zum Park führte. Sie öffnete die Tür und ein kalter Wind schlug ihr entgegen, während sie hinaustrat und in die Richtung lief, wo sie den Fremden zuletzt gesehen hatte.

Der Gehweg knirschte sanft unter ihren Füßen und sie gab sich große Mühe, nicht zu viel Lärm zu machen. Sanft nieselte ihr der kalte Regen ins Gesicht, während sie versuchte, die Gestalt ausfindig zu machen. Er konnte doch nicht schon weg sein! Und wenn doch, wohin wollte er durch den Park verschwinden?

Sie lief leichtfüßig im Schutz der Bäume in Richtung der Bank, die mittig im Park stand, blieb ein paar Mal kurz stehen und schaute sich verstohlen um. Er war nicht hier. Sie ging noch ein paar Schritte weiter und kam schließlich bei der Bank an, die zum See ausgerichtet war. Der Mond war nun von keiner Wolke mehr verdeckt und das Mondlicht fiel so hell, dass es die Umgebung sichtbar machte. Alizar erkannte nun auch die Bäume und Pflanzen, die weiter entfernt wuchsen. Aber keine Spur von dem Fremden. Sie hielt kurz den Atem an und horchte in die Nacht. Nichts. Er war weg.

Nachts als Fremder durch Tulophidel zu laufen, war nicht nur gefährlich, es war schlichtweg dumm. »Ihr seid ein Narr«, murmelte sie kopfschüttelnd und wollte sich gerade umdrehen und zurückgehen, als sich plötzlich ein Arm um ihren Brustkorb legte und sie mit dem Rücken gegen einen harten Widerstand zog, und bevor sie schreien konnte, hatte sich auch schon eine Hand auf ihren Mund gepresst. Sie bemerkte sogleich, dass sich außerdem etwas Scharfes in ihren Hals drückte.

»*Bin* ich das?«, flüsterte eine dunkle Stimme nah an ihrem Ohr. Alizar spürte ihren Puls bis in den Kopf schlagen, sie hatte die Luft angehalten, denn sie war schlau genug zu wissen, dass sich eine Klinge an ihrem Hals befand, und sie wollte keinen Millimeter mehr von der Schneide an ihrem Hals spüren. Sollte sie versuchen zu schreien? Die Erkenntnis, dass sie hier niemand hören würde, traf sie nüchtern; sie war zu weit vom Hospital entfernt. Was hatte sie sich nur dabei gedacht, einen Fremden zu verfolgen? *Nachts.*

»Ihr müsst das Leben leid sein, mir nachzulaufen. Oder Ihr wollt etwas von mir. Beides endet fatal für Euch. Sprecht!«, wies der Fremde sie kühl an, und die Klinge legte sich nicht mehr ganz so bedrohlich an ihre Kehle.

Die Hand um ihren Mund verschwand und Alizar krächzte: »Ich habe gesehen, wie Ihr im Park herumgeschlichen seid. Ich ... Ich wollte Euch zurückholen.« Der Fremde zögerte und fragte sie dann: »Wisst Ihr, wer oder was ich bin?« Alizar schüttelte den Kopf. »Ich weiß nur, dass Ihr verletzt seid.« Alizars Schläfen pochten, ihre Hände waren nass vor Angst. Was sollte das hier? War er auf der Flucht? Der Fremde verstärkte seinen Griff und zischte: »Ich frage nur einmal. Lügt und Ihr seid tot!«

Die Klinge bohrte sich tiefer in ihre Haut und Alizar dachte unwillkürlich an ihren Vater und fragte sich, ob sie nun auch wie er sterben würde. Vielleicht war das gerecht. Dafür, dass sie damals eine Sekunde gezögert hatte, ihn zu heilen und es dann zu spät gewesen war.

Gnade

»Woher«, fragte der Fremde bedrohlich langsam, als würde er sicher gehen wollen, dass Alizar ihn verstand, »wisst Ihr, dass ich verletzt bin?« Alizar nahm vorsichtig Luft. »Ich ... Ich kann Verletzungen spüren.

Wenn ich meine Augen schließe und mich konzentriere, kann ich erkennen, ob jemand Wunden hat und wo.« Sie schluckte. Nie wieder hatte sie jemandem davon erzählt. Bis heute. Der Kopf des Fremden war nur ein kleines Stück von ihrem entfernt und sie spürte noch immer seinen warmen Atem. »Macht es!«, sagte er. »Sagt mir, was Ihr seht!«

Alizar schloss schnell die Augen. Wenn er sie für verrückt hielt, ließ er es sich nicht anmerken, was Alizar verwirrte. Ihr fiel es schwer, sich in dieser Situation zu konzentrieren. Der Fremde schien es bemerkt zu haben, denn er lockerte seinen Griff. Auch die Klinge stach nicht mehr schmerzhaft in ihre Haut. Sie atmete noch einmal tief ein und schloss dann wieder die Augen, um seinen Körper wahrnehmen zu können. Er war deutlich größer, als sie gedacht hatte, und stand nah bei ihr. Aus dieser Perspektive war es fast unmöglich, seine Verletzung zu sehen. Dennoch konnte sie seine Wunde erahnen, und als sie ein leuchtend grün-schwarzes Licht sah, zog sie die Luft ein. Das hatte sie noch nie gesehen.

Sie kannte blaues Licht für Kälte, rotes Licht für blutige Verletzungen, gelbes und oranges Licht für Brüche oder Entzündungen und auch hatte sie schon braunes Licht gesehen, bei Tumoren. Schwarz stand für totes Gewebe. *Für den nahenden Tod.* Und die Schwärze im Körper des Fremden breitete sich aus.

Und das Grün? Das hatte sie noch nie gesehen.

Er lachte gequält auf und ließ sie mit einem Ruck los. »Doch schon so schlimm, ja?«, fragte er grinsend und steckte seinen Dolch weg, als Alizar sich zu ihm umdrehte und in sein Gesicht blickte. Sein Blick fiel prüfend auf sie. Alizar blickte ihm fest in die Augen und sagte leise: »Ihr werdet sterben.« Sie schüttelte den Kopf und flüsterte ungläubig: »Oben ... Im Zimmer, da sah es nicht so aus. Ich hätte Euch nie damit alleine gelassen ...« Alizar schluckte. «Die Götter scheinen Sehnsucht nach Euch zu haben.« Es war keine Stunde her, dass sie die Wunde gesehen hatte.

Der Fremde blickte auf den See, der ruhig im Mondlicht dalag. Nichts bewegte sich auf der Wasseroberfläche. Auch der Regen hatte in der Zwischenzeit aufgehört zu fallen. Er lächelte nur und antwortete: »Die Götter sind gierige Halunken!« Alizar zog scharf die Luft ein. Sie war selbst nicht auf den Mund gefallen und ihr Glaube an die Götter ließ ebenfalls zu wünschen übrig, aber die Götter als gierige Halunken zu bezeichnen, war eine andere Hausnummer.

Die Stimme des Mannes brach die Stille. »Ihr seid keine Gabenträgerin«, stellte er fest. Sie schaute ihn verwirrt an. Plötzlich spannte sich sein Kiefer an und sein Blick durchbohrte Alizar. »Was meint Ihr damit?«, gab Alizar zurück.

Er betrachtete sie, als wäre sie ein alter Stuhl, den er zu kaufen überlegte. »Ich spüre, dass Ihr keine Gabenträgerin seid. Wieso könnt Ihr dann meine Wunde sehen?« Alizar schüttelte verwirrt den Kopf. »Ich kann ... Ich kann Wunden nicht nur sehen. Ich habe als Kind damit angefangen, kleine Tiere zu heilen. Ich habe meinem Vater einmal davon erzählt und er hat daraufhin alle Mausefallen so gebaut, dass die Tiere direkt starben. Danach habe ich niemandem je wieder davon erzählt.« Sie blickte beschämt zu Boden. Sie hatte zu viel von sich preisgegeben. Der Fremde blickte sie undurchdringlich an, als würde er nicht aus ihr schlau werden. In diesem Moment fasste Alizar einen Entschluss.

»Legt Euch auf die Bank! Ich will versuchen Euch zu heilen«, wies sie ihn an. Der Fremde schaute sie bedrohlich an. »Es gibt nichts, was mir noch helfen könnte. Außer vielleicht die Gnade eines schnellen Todes.« Alizar fragte sich, ob er verrückt war. *Andererseits*, schmunzelte sie innerlich, *bin ich es, die nachts, nach Abendstille, einem Fremden hinterhergelaufen ist und nun behauptet, ihn heilen zu wollen.* Sie trat noch einen Schritt näher. Der Fremde schaute sie skeptisch an. Alizar blickte an dem Mann hinunter. Er trug die Kleidung, die sie ihm auf das Bett gelegt hatte. In Höhe seiner Hüfte war das Hemd durchgeweicht und Alizar sah, dass es tiefdunkles Blut war.

«Lasst es mich wenigstens versuchen. Ihr habt nichts zu verlieren«, flüsterte sie, und als er sie nur misstrauisch beäugte, sich aber nicht rührte, hob sie zaghaft sein Hemd an, und was sie sah, ließ sie schaudern.

Fingerspitzen

Seine Wunde war tief, die Wundränder schwarz und zerfranst und eigentlich hätte er schon das Bewusstsein verloren haben müssen. Alizar hielt die Luft an. Es war eine Bisswunde. Sie schloss die Augen und konzentrierte sich. Sie spürte in die Wunde, die faulig grün leuchtete, und fokussierte sich auf den schwarzen Kern, der sich pulsierend auszubreiten schien.

Sie glaubte nicht, dass sie ihm helfen konnte. So tiefschwarzes, totes Gewebe war nicht mehr zu heilen. Aber sie wollte es versuchen. Sie öffnete die Augen und blickte in sein Gesicht. Erst jetzt bemerkte sie, dass unter seinen schönen Augen auch dunkle Ränder zu sehen waren. Der Schweiß stand ihm auf der Stirn und seine Brust hob und senkte sich schnell. Es ging ihm immer schlechter. »Hinlegen!«, befahl sie nun forsch und zeigte auf die Bank. Zu ihrer Überraschung setzte er sich widerspruchslos hin, lehnte sich aber nur zurück.

Sie setzte sich neben ihn, krempelte sanft das Hemd hoch und legte ihre Hand langsam auf seinen kalten Bauch. Er zuckte kaum merklich zusammen, ohne auch nur die Spur eines lesbaren Gesichtsausdruckes zu zeigen. Alizar schloss die Augen und begann vorsichtig die Haut um die Wunde mit den Fingerspitzen zu streicheln. Sie zog vorsichtig kleine Kreise um die Wunde, bewegte ihre Finger in intuitiven Mustern, die sie spürte und gelernt hatte anzuwenden. Dann zog sie kleinere, langsamere Kreise und lenkte ihre ganze Konzentration darauf, die Verletzung zu heilen.

Alizar schloß instinktiv die Augen und ließ sich von ihren Händen leiten, die Muster zeichneten und seine Haut entlang fuhren. Sie spürte unter ihren Fingerspitzen leichte Energiewellen, fokussierte sich darauf und versuchte, diese Energie zu vervielfältigen und auszudehnen und seinem Körper zuzuführen, was er zur Heilung benötigte.

Alizar fing an zu summen. Die Muster, die sie malte, waren längst nicht mehr bewusst. Sie handelte in Trance und aus purer Verzweiflung. Alles, was sie instinktiv wusste, hoffte und fühlte, war: Er sollte nicht sterben. Ihre Kraft neigte sich dem Ende zu, aber Alizar kämpfte. Sie fühlte, dass da noch zu viel verletztes Fleisch war, zu viel Schmerz, der kaum zu ertragen war. Ihre Hände fingen an zu zittern, aber sie ignorierte es und richtete ihre Konzentration ganz auf das Lied, das sie summte. Irgendwann summte sie nicht mehr, sie sang. Unter ihren Füßen kribbelte es und es war, als würde die Energie durch sie hindurchfließen, an ihren Fingerspitzen verweilen, um dann den Tod aus seinem Körper zu zeichnen. *Ihn kriegt ihr heute nicht*, wandte sie sich in Gedanken an die

Götter. Es war, als würden sie sie testen, denn sie spürte, wie ihre Hände wieder zu zittern begannen und die kleinen Energieflammen an ihren Fingerspitzen abebbten. *Ihn kriegt ihr heute nicht*, dachte sie noch einmal mit Nachdruck und stampfte ihre Füße in den Boden.

Ein schmerzhaftes Gefühl durchzog Alizar plötzlich, als wäre seine Wunde auf sie übergesprungen, und sie hielt kurz inne. Irgendetwas fühlte sich anders an, aber sie konnte es nicht zuordnen. Alizar fuhr mit ihren Berührungen fort und konnte gar nicht mehr aufhören. Plötzlich fingen ihre Hände stark an zu zittern, sie konnte es kaum kontrollieren. Sie kniff die Augen zusammen, spürte die Energie, die in ihr wuchs und wuchs und –

Warme Hände schlossen sich um die ihren und die Flamme erlosch. Alizar öffnete erschöpft die Augen. Ungläubig starrte der Fremde erst auf seine Hüfte, dann auf Alizar. Sie hätte vor Freude weinen können, als sie gewahr wurde, dass der schwarze Kern der Wunde vollends verschwunden war. Nie hatte sie eine so große, tief infizierte Wunde geheilt und nie so viel Energie in sich gespürt. Auch fragte sie sich, welches Tier eine solche Bisswunde hinterließ und warum es ihr so schwer gefallen war, aufzuhören.

Der Fremde starrte sie weiterhin an und sagte kein Wort. »Ich hätte nicht gedacht, dass es funktioniert«, sagte sie und lächelte ihn an. Der Fremde öffnete den Mund, als wollte er etwas sagen, blickte dann jedoch an ihr vorbei, als hätte er etwas gehört. Er runzelte die Stirn, fing wieder ihren Blick auf und schaute sie noch einen Augenblick undurchdringlich an. Dann flüsterte er: »*Elaes Anisma*«, und in der nächsten Sekunde war dort, wo er gesessen hatte, nur noch die leere Bank zu sehen.

Mitschuld

Vier Männer kamen auf Alizar zugestürzt. Sie trugen blaue Uniformen mit lächerlichen Hüten, an denen man erkannte, dass sie im Dienste des Königs standen. Alizar starrte die Männer an und dann wieder auf die Bank. Sie verstand nichts von dem, was die Männer riefen. Alles war so schnell gegangen. Weitere Männer rannten in kleinen Gruppen um das Hospital herum, traten über die Absperrungen des Sees und suchten den Boden und die Bäume ab. Einer der Männer, die auf sie zugelaufen waren, packte sie unsanft an der Schulter und rüttelte sie. Sie spürte, dass kleine Speicheltropfen bei jedem Wort in ihrem Gesicht landeten.

»Wo ist er hin?«, schrie der Mann sie an. Alizar starrte auf den blauen pompösen Hut und wunderte sich, wer auf die Idee gekommen war, den Personen, vor denen man Respekt haben sollte, diese Hüte auf die Köpfe zu setzen. Sie schaute noch einmal zur Bank – *Elaes Anisma*? –, dann in das runde, rote Gesicht der Wache, die sie gerüttelt hatte.

»Ich weiß es nicht«, sagte sie ruhig. Sie wusste gar nichts. Sie verstand auch gar nichts. Wo war der Fremde hin und *wie* war er verschwunden? Der Mann stöhnte, schaute zu den anderen Männern und wurde nur noch roter. Ein kleinerer, hagerer Mann trat auf sie zu und funkelte sie böse an.

»Habt Ihr ihm geholfen?«, blaffte er sie an. Alizar blickte den Mann an und fragte verwirrt: »Wobei geholfen?« Der Mann rief wutentbrannt mit einer Stimme, die sich fast überschlug: »Zu fliehen!« Sie hatte also richtig vermutet, der Fremde war wirklich auf der Flucht. »Ich weiß nicht einmal seinen Namen, geschweige denn, dass er ein *Gefangener* ist.«

Sie betonte das Wort scharf. Sie wusste ja, wie der Schutzarm Martagons mit Gefangenen umging. König Fyod hatte oft bewiesen, dass Menschenleben für ihn nicht von Bedeutung waren. Der hagere Mann blickte ihr wütend ins Gesicht und stieß drohend hervor: »Das könnt Ihr dem König erklären.« Alizar wurde mulmig zumute. Sie hatte ihm geholfen. Aber niemand wusste von ihren Heilfähigkeiten und niemand hatte gesehen, dass sie den Fremden geheilt hatte. Was hatte er getan, dass so viele Wachen des Schutzarmes mitten in der Nacht in Tulophidel standen?

Ein weiterer Mann meldete sich zu Wort: »Wie konnte er überhaupt verschwinden? Wie konnte er das überhaupt *überleben*? Mädchen, habt Ihr Verletzungen gesehen? Was hat er zu Euch gesagt?« Sie blickte den Mann an. Er schien ein hoher Offizier oder Kommandant zu sein. Er war beherrscht und schien im Gegensatz zu seinen Unterstellten einen klaren

Kopf zu bewahren, oder zumindest gab er sich den Anschein. Er hatte kurze Haare und ein mit Falten überzogenes Gesicht mit einer wulstigen Narbe am Kinn.

Alizar schluckte. Sie wusste nicht, was sie sagen sollte. »Er hat nicht mit mir gesprochen. Er hat nur gewünscht, dass ich ihn in Ruhe lasse. Er ... Ich habe keine Wunden gesehen!«, beeilte sie sich zu erklären. Ihre Finger fingen plötzlich an zu kribbeln. *Oh.* Alizar warf einen verstohlenen Blick auf ihre Hände. Das Blut des Fremden klebte an ihren Händen. Rasch versuchte sie, so unauffällig wie möglich ihre Hände in der Dienstkleidung zu verstecken, indem sie vortäuschte zu frieren.

Sie hatte sich soeben mitschuldig gemacht, was immer auch der Fremde verbrochen hatte, indem sie einen Kommandanten des Schutzarmes angelogen hatte. Und indem sie einem Gefangenen des Schutzarmes zur Flucht verholfen hatte, nachdem sie diesem auch noch das Leben gerettet hatte. Ihr wurde schlecht.

Misstrauen

Der Kommandant wandte sich an den hageren Mann und sprach: »Der Mann, der ihn am Seeufer gefunden und hergeschleppt hat, erinnert sich nicht an sein Gesicht. Er war zu betrunken.« Alizar horchte auf. *Am Seeufer gefunden?* Sie fragte den Kommandanten: »Er war im *See*?« Sie schluckte. Deshalb war er nass gewesen. *Wieso, bei den Göttern, lebte er noch?*

Der Kommandant blickte seine Kollegen an, dann Alizar und fuhr sie an: »Ihr müsst mitkommen und uns alles beschreiben. Jedes Wort, das er sagte. Ihr habt sein Gesicht gesehen.« Vor Alizars innerem Auge erschien das schöne Gesicht des Fremden. Die dunklen Haare, die ihm ins Gesicht hingen, und seine Augen. Sie nuschelte verlegen: »Nur grob, es ist immerhin mitten in der Nacht.« Sie schickte einen kurzen Dank in den Himmel zu der Wolke, die gerade den Mond verdeckte und ihre Aussage unterstützte. Man konnte glücklicherweise kaum etwas erkennen.

Aber wozu brauchten sie sein Gesicht? Sie mussten doch wissen, wie er aussah, wenn er geflohen war. Es sei denn, er war gar kein Gefangener gewesen. Was ihn zwar nicht unschuldig machte, *wer weiß, weshalb sie ihn suchen,* aber Alizars Misstrauen gegenüber den

Wachen wuchs. Der Kommandant blickte sie forschend an. »Ihr habt heute die Götter auf Eurer Seite, Mädchen.« Wieso hatte Alizar ganz und gar nicht dieses Gefühl? Die Wache nahm sie am Arm und sagte ruppig: »Kommt jetzt. Der Weg nach Athanasía ist weit.«

Alizar schaute auf den See und fragte sich, wie die Nacht nur so bergab hatte gehen können. In der Zwischenzeit wurde Amalie befragt und Alizar wunderte sich, wieso sie nicht mit in die Hauptstadt musste. Wie sich aber herausstellte, hatte sie ihn weder gesehen noch hatte er etwas anderes zu ihr gesagt, als dass sie *wohl beschäftigt gewesen sein musste, als die Götter schöne Stimmen zu vergeben hatten.* Alizar musste sich ein Lachen verkneifen, als sie das hörte. Sie konnte sich nur zu gut vorstellen, wie Amalie ins Zimmer gestürmt war und mit ihrer schrillen Stimme versucht hatte, ihre Arbeit zu erledigen, um sich endlich den wichtigeren Dingen – wie einem gewissen Arzt, der ebenfalls Dienst hatte – zu widmen. Während Amalie über den gesamten Flur tönte, sie habe sich ja gleich gedacht, dass mit ihm etwas nicht stimmen würde, konnte Alizar sich in einem unbeobachteten Moment noch die blutigen Hände waschen und war froh, dass keine Rückstände blieben. Außer viele Fragen, auf die sie keine Antworten fand.

Athanasía

Über Athanasía ging die Sonne auf und ein helles Gelb und Orange hüllte die erwachende Stadt in einen zauberhaften Schleier. Athanasía war die Hauptstadt Martagons und nun konnte Alizar mit eigenen Augen sehen, wo die Gelder hinflossen, die den Dörfern fehlten. Vor den hohen Stadtmauern standen Dutzende Menschen, denen ihr fürchterlicher Zustand anzusehen war; abgemagerte Körper, eingefallene Gesichter und brüchige Stimmen, die um Einlass in die prunkvolle Stadt bettelten, jedoch abgewiesen wurden. Alizar konnte den Blick kaum abwenden, im nächsten Moment durften allerdings die Wagen des Schutzarmes weiterfahren und der Anblick der armen Menschen wich den prächtigen goldenen Verzierungen der Stadtmauern, die sie nun passieren durften. Alizar schüttelte den Kopf. *So prunkvoll, so prächtig und so tief verdorben.* Sie wusste, ihr würden die Bilder der schmutzigen und weinenden Kinder so bald nicht mehr aus dem Kopf gehen. Hatte sie bisher nur wenige Gründe gehabt, um König Fyod zu hassen, waren nun noch eine Handvoll dazu gekommen.

Die Fahrt in dem Wagen hatte Stunden gedauert, der Weg war uneben. Sie war nun schon seit Ewigkeiten wach und wollte nur schlafen.

Jetzt ungefähr musste ihr Dienst enden. Da hatte Amalie wohl doch recht, die Arbeit der Nacht war wirklich an ihr hängen geblieben, dachte Alizar schelmisch. Immer wieder ging sie den Abend im Kopf durch. Er war einfach vor ihren Augen verschwunden.

Sie blickte aus dem Fenster. Es war frühester Morgen und die Stadt war bereits lauter als Tulophidel bei der Mittjahresfeier. Überall öffneten sich Fensterläden, Menschen liefen auf den Straßen, einfache Wagen quietschten unter der Last der Beladung, Pferdekutschen waren unterwegs, es roch nach Fleisch, Parfüm, Abwasser und Gewürzen. Hier musste wohl irgendwo ein Markt sein. Sie fuhren durch enge Straßen und Alizar fragte sich, ob sie in den Palast gebracht wurde. Ihre Frage sollte im nächsten Moment beantwortet werden, denn sie hielten vor einem Tor an, hinter welchem definitiv nicht der Palast des Königs stand.

Die Wachen ließen sie aussteigen und Alizar war froh, keine Handschellen zu tragen. Aber dafür gab es ja auch keinen Grund. Sie sollte nur befragt werden, mit der Portraitmalerin des Schutzarmes ein Bild des Fremden anfertigen und dann, so war ihr versprochen worden, dürfte sie wieder nach Hause fahren.

Das Haus machte einen großen und einfachen Eindruck, mit einer Treppe, die zum Eingang führte. Es wimmelte nur so von Wachen, und anscheinend konkurrierten die jeweiligen Farbstränge an den Hüten darum, wer die lächerlichste Variante auf dem Kopf trug. Alizar musste kichern. Sie war schon von den blauen Wachen belustigt gewesen, die roten jedoch übertrafen alles. Die roten Uniformen glichen den blauen in ihrer Einfachheit, mit wenigen Taschen und je nach Dienstgrad und Stellung auch verschiedenen Abzeichen. Auf den Schultern trugen sie aufgeplusterte Kissen.

Einer der Wachen beäugte sie kritisch und tadelte sie: »Es gibt nicht viele Menschen, die beim Anblick des Hauptquartieres lachen.« Alizar reckte ihm das Kinn entgegen und antwortete: »Ich habe mir nichts zuschulden kommen lassen, also brauche ich auch keine Angst zu haben.« Auf dem Dach des Hauptquartieres marschierten ebenfalls Wachen und blickten gelangweilt über den Wagen, aus dem sie stieg. Sie wurde in das Quartier gebracht und sollte durchsucht werden, ihre Tasche wurde ausgeschüttet. Der Inhalt schien niemanden zu beunruhigen. Was sollte sie schon mit einer Brotdose, einer leeren Wasserflasche, einem spärlich gefüllten Geldbeutel und einem Buch groß anrichten? Jede der Wachen hier war bewaffnet bis zum Kinn und nur ein Narr käme auf die Idee, das Hauptquartier anzugreifen.

Höllenwahn

Alizar stand nur in Unterwäsche bekleidet vor einer Frau, die sie durchsuchen sollte. Die übrigen Wachen hatten sich umgedreht. Die Sicherheitswache tastete sie wortlos ab und nickte dann. Alizar knotete ihre dunklen langen Haare wieder zu einem Zopf und durfte sich ankleiden. Sie wurde in einen hellen Flur geführt, der sich wieder in verschiedene Flure unterteilte. Der Kommandant schloss sich an und führte Alizar in einen Raum. Die übrigen Wachen verteilten sich, Alizar war sicher, dass einige vor der Tür stehen geblieben waren. *Als wäre ich eine Schwerverbrecherin.*

Der Kommandant des blauen Schutzarmes lief hinter seinen Schreibtisch, zog seine Jacke aus und ließ sich in den Stuhl fallen. Die Tür wurde geschlossen und auch von außen abgeschlossen. »Bitte setzt Euch«, bat er sie höflich und zeigte auf den Stuhl vor seinem Schreibtisch. Alizar setzte sich und der Kommandant lächelte sie zufrieden an. »Ich heiße Kommandant Perrick und Ihr habt vermutlich bemerkt, dass ich den blauen Arm leite«, stellte er sich freundlich vor. Alizar nickte.

»Wollt Ihr erst einmal etwas trinken, Schwester?« Er schaute sie fragend an. »Mein Name ist Alizar

Tyrowe. Ich wäre dankbar über etwas Wasser«, gab Alizar forsch zurück. Perrick nickte und griff in seinen Schreibtisch, aus dem er zwei Becher und eine Wasserkaraffe nahm. Er schob Alizar einen gefüllten Becher zu, den sie leergetrunken hatte, bevor er sich selbst hatte einschütten können. Er schmunzelte und goß ihr noch mehr ein, bevor er seinen eigenen Becher in die Hand nahm. Alizar trank auch diesen Becher hastig aus.

Perrick fixierte sie und begann zu erklären: »Es ist so, Alizar.« Er hielt inne und schwang den Becher langsam in der Hand. »Niemand, der einen dieser Bastarde zuletzt gesehen hat, hat das überlebt. Nun ist die Frage, die ich mir stelle: Wieso lebt *Ihr* noch?« Alizar lief es eiskalt den Rücken herunter und sie schaute den Kommandanten verwirrt an. »Ihr habt mit ihm im Park des Hospitals gesprochen. Ihr werdet verstehen, dass dies Fragen aufwirft«, sagte Perrick. Alizar schluckte. In Tulophidel klang dies noch anders. Ihr Magen verkrampfte sich.

Der Kommandant schaute ihr ins Gesicht und lächelte sie wieder an. Mit samtweicher Stimme fuhr er fort: »Das Wasser in der Karaffe, das Ihr so genüsslich getrunken habt, meine liebe Schwester Alizar, enthält drei Tropfen eines Giftes, wir nennen es *Höllenwahn*. Wenn Ihr in den nächsten zwei Stunden kein Gegenmittel bekommt, dann werden wir wohl einen Leichensack zurück in Euer dreckiges Dorf schicken müssen.«

Alizar starrte den Mann ungläubig an. Dann ihren Becher. Und dann fragte sie sich, wie sie nur so naiv hatte sein können, ohne Widerstand mitzugehen. Sie legte beide Hände auf den Tisch vor sich. »Was wollt Ihr von mir?«, spie sie ihm entgegen. Der Kommandant lehnte sich zurück und grinste sie an. Dann sprach er: »Die Wachen haben gewettet, dass Ihr direkt weinen würdet. Ich habe dagegen gehalten und –« Alizar schloss die Augen und unterbrach ihn flüsternd: »Was wollt Ihr wissen, Kommandant?«

Sie zwang sich ruhig zu atmen, doch das Herz stand ihr im Leibe still. Vor ihrem inneren Auge tauchte ihr sterbender Vater auf, doch ebenso schnell schob sie das Bild zur Seite und fasste sich. Sie musste Ruhe bewahren. Der Kommandant neigte sich wieder nach vorne und lächelte sie erneut selig an. »Fangen wir damit an, ob Ihr zu dieser Abart gehört. Diese Teufel heilen in Sekunden.« Und bevor Alizar sich überlegen konnte, was er meinte und was sie antworten würde, rammte der Kommandant ihr blitzschnell ein Messer durch die Hand, die vor ihr auf dem Tisch lag. Alizar war sofort bewusstlos.

Lügen

Als sie aus der Bewusstlosigkeit aufwachte, zog ihr ein unbeschreiblicher Schmerz durch die Hand. Alizar öffnete die Augen. Sie saß noch immer auf dem Stuhl im Raum des Kommandanten und starrte mit schmerzverzerrtem Gesicht auf ihre Hand. Das Messer steckte nicht mehr darin. Eine Blutlache war auf dem Tisch zu sehen. Ihr Blut. Sie kämpfte mit den Tränen. Sie wagte ihre Hand nicht zu bewegen, denn der Schmerz zog pulsierend in ihren Arm und ließ keinen klaren Gedanken zu. Sie musste hier sofort weg. Wie war es überhaupt so weit gekommen? Sie dachte an den Fremden und biss die Zähne zusammen. *Wenn ich dich vor dem Kommandanten finde, schuldest du mir verfluchte Antworten.*

«Nun, Alizar, schön zu sehen, dass wir auf der gleichen Seite stehen.« Perrick stolzierte hinter Alizar im Raum umher und erklärte großspurig: »Das tun wir doch, oder? Immerhin heilt Ihr nicht.« Am liebsten hätte Alizar ihm mit ihrer gesunden Hand die Zähne ausgeschlagen. Sie kniff ihre Augen zusammen. Perrick schritt wieder zu seinem Stuhl und setzte sich ihr gegenüber hin. «Eure Hand war nur eine Vorsichtsmaßnahme. Und ein kleines Andenken.« Er zwinkerte ihr zu, dann fuhr er fort: »Und nun zu meinen

Fragen.« Erst jetzt bemerkte Alizar die vielen Einbuchtungen und verdunkelten Stellen im Holz seines Schreibtisches. Alles Messerspitzen und Zeugen von Verletzungen. Sie war nicht die Erste, die hier saß. *Und ich bin auch nicht die Letzte.* Sie kämpfte gegen den Schmerz in ihrer Hand an, der ihr die Luft nahm. Wieder bildete sich ein Kloß in ihrem Hals. Sie blinzelte die Tränen weg. Sie würde nicht vor ihm weinen, diese Genugtuung würde sie ihm nicht geben, zumal diese verdammten Mistkerle auch noch Wetten darauf abgeschlossen hatten. Es tat so unvorstellbar weh, aber sie atmete tief in den Schmerz ein und versuchte sich mit dem Gedanken zu beruhigen, dass sie sich heilen würde, sobald sie hier weg war. Kurz überwältigte sie eine Welle der Hoffnungslosigkeit. Werde ich denn hier wegkommen? Sie schimpfte mit sich. Sie würde.

Perrick starrte sie forschend an und begann zu fragen: «Nun von vorne: Was hat er zu Euch gesagt?« Alizar schöpfte Atem und antworte: »Er hat mich beim Betreten des Zimmers wieder hinausgeschickt, sonst hat er kein Wort mit mir gewechselt.« *Lüge.* «Im Park habe ich ihn aufgefordert, mich wieder ins Hospital zu begleiten. Das habt Ihr gesehen. Im nächsten Moment war er weg.« *Lüge.* Perrick schaute unzufrieden und beobachtete sie ganz genau. «In welchem Zustand war er, hatte er Verletzungen?«, fragte er lauernd. Alizar zögerte, antwortete dann: «Er war nass, ich gab ihm trockene Kleidung. Ich hatte angenommen, er wäre in den Sturm geraten.« Perrick nickte. «Wunden? Waffen?« Sie blickte kurz auf ihre Hand und antwortete dann bestimmt: «Ich habe keine Wunden gesehen, auch keine Waffen.« *Lüge*.

Sie wusste nicht einmal, wieso sie log. Sie wusste nur, dass der Fremde, der sie am Leben gelassen und ihr noch nicht einmal ein Haar gekrümmt hatte, obwohl er die Möglichkeit dazu gehabt hätte, mehr Gnade und Güte in sich trug als der, den sie vor sich hatte. *Gib einem Menschen Macht und du wirst seinen wahren Charakter erkennen*, ging es Alizar durch den Kopf. Sie war unschuldig und trotzdem war sie, wo sie war. Was machten diese gewissenlosen Unmenschen mit Menschen, die etwas verbrochen hatten? Wenn sie Perrick erzählen würde, dass sie ihn geheilt hatte, würde er sie sofort umbringen lassen, denn offensichtlich gehörte das Heilen zu der *Abart*, zu der der Kommandant den Fremden zählte.

Wahnsinn

Alizar beantwortete jede von Perricks Fragen und kämpfte gegen die Angst an, die langsam die Hoffnung mit sich nahm. Sie wusste nicht, wie lange sie bewusstlos gewesen war, aber wenn stimmte, was der Kommandant gesagt hatte, würde die Wirkung des Giftes sicher bald einsetzen. Ihre Gedanken kreisten unentwegt um die Frage, in was sie geraten war.

Es klopfte plötzlich an der Tür und eine kleine Frau trat ein, die auch in Blau gekleidet war. Sie trug einen Block Papier und ein Etui bei sich. Sie musste die Portraitmalerin sein. Sie blieb vor dem Schreibtisch stehen und nickte. Perrick nickte ebenfalls und die Frau setzte sich auf den Stuhl zu Alizars Rechten, ohne sie zu grüßen oder anzublicken. Perrick bedeutete ihnen anzufangen. Die Portraitmalerin war wortkarg und stellte Alizar gezielte Fragen zu den Gesichtsmerkmalen des Fremden. Alizar gab sich große Mühe, der Malerin eine detaillierte Beschreibung zu geben, diese setzte alles gekonnt um und verwischte Linien, wenn Alizar sie korrigierte. Nach einer Weile war sie fertig mit dem Portrait. Alizar nickte zufrieden. »Das ist er«, sagte sie, an Perrick gewandt. Er blickte auf das Gesicht, das ihm von dem weißen Papier entgegenblicke.

Alizars Mund war trocken. Das einzige, was ihre Augen geöffnet hielt, war das Adrenalin. Sie war seit mehr als 24 Stunden wach und ihr Verstand begann nun auch, ihr Streiche zu spielen. Oder war es das Gift? Sie blickte noch einmal auf die Zeichnung. Das Gesicht, das dort zu sehen war, war alles, nur nicht das des Fremden. Sie wusste nicht, ob sie sich einen Gefallen getan hatte damit, ein ganz anderes Gesicht zu beschreiben. Vermutlich nicht. Aber es war ihr gleichgültig. *Sollen sie sich dumm und dämlich suchen.*

Die Portraitmalerin verließ ohne ein Wort den Raum und Alizar begann nun Punkte und Schatten zu sehen, wo keine waren. Ein hoher Ton schrillte durch ihren Kopf – oder war der Ton real? Die angenehme Gleichgültigkeit und Taubheit schienen mit dem Gift zusammenzuhängen. *Welch netter Nebeneffekt.* Sie blickte Perrick an, der sie beobachtet hatte. Beim Anblick ihres blassen Gesichtes schälte sich ein bösartiges Lächeln auf sein Gesicht und er flüsterte: »Wisst Ihr, Alizar, noch habe ich die Hoffnung, dass er kommen wird.« Alizar verstand nicht, was er meinte. Perrick entging der verwirrte Ausdruck auf ihrem Gesicht nicht und er sprach weiter: »Wenn Ihr denkt, es ist Zufall, dass Ihr lebt, liegt Ihr falsch. Es ist auch keine Gnade gewesen. Diese Geschöpfe kennen keine Gnade. Sie haben ihre Regeln. An die hält auch

Jezael Al Varis sich. Euer Überleben hat etwas zu bedeuten. Also wird er Euch nicht hier sterben lassen.« Perrick zuckte mit den Schultern und schaute ungeduldig zur Uhr.

Deshalb hatte sie mitkommen müssen. Sie dachten, sie wäre ein guter Köder. Jezael. Das klang, als hätten die Götter persönlich ihm diesen Namen gegeben. *Die gierigen Halunken*, erinnerte sie sich zurück. Und plötzlich ging ihr durch den Kopf, ob das die Strafe der Götter war. Sie hatte sein Leben verschont, würde sie nun mit dem ihrem bezahlen? Es herrschte Stille im Raum, die von Alizars Lachen gebrochen wurde. Sie lachte und lachte. Sie sah kaum noch etwas, das Gift hatte ihre Sinne bereits komplett vernebelt. Sie hörte nur noch, als wäre ihr Kopf unter Wasser. Aus ihrer Nase tropfte Blut auf den Tisch, was sie nur noch mehr zum Lachen brachte. Dieses Gift war herrlich! Sie spürte auch keinen Schmerz mehr. Ich werde wahnsinnig, während ich sterbe, dachte Alizar vergnügt. Das war doch besser, als traurig zu sein und dieses Leben zu bedauern. Was würde ihr schon fehlen?

Mit letzter Kraft fixierte Alizar den Kommandanten, es lief ihr Blut aus dem Mund, als sie lachend rief: »Ihr seid ein Narr, wenn Ihr glaubt, dass mich jemand retten kommt!«

Selbstbeherrschung

Perrick kochte. Seine beherrschte Fassade drohte einzustürzen. Wenn sie innerhalb der nächsten zwei Minuten nicht das Gegenmittel bekam, war sie tot. Es war ihm egal, einen weiteren toten Körper loszuwerden, insbesondere, wenn dieser Körper einem Miststück wie diesem gehörte. Sie behauptete zwar, dass sie nichts wusste, aber Perrick spürte, dass etwas nicht zusammenpasste. Jezael Al Varis war im See verletzt worden und das, was ihn verletzt hatte, hätte selbst diesen beinahe Unsterblichen umbringen oder ihn zumindest am Fliehen hindern müssen. Er konnte es sich nicht erklären. Sie waren sofort alarmiert worden, als jemand am Seeufer gefunden und bewusstlos ins Hospital gebracht worden war. Die Truppen des Schutzarms und er waren glücklicherweise nur drei Dörfer entfernt gewesen und schnell vor Ort. Und fast hätten sie ihn gehabt. Doch der Bastard war einfach verschwunden und sie hatten keine Ahnung, wo dieser Teufel sich versteckte.

Dies war die erste Chance seit Monaten gewesen und einmal mehr war er davongekommen, diesmal sogar, obwohl das Gift des Sees seine Gaben neutralisiert gehabt haben musste. Er hätte nicht verschwinden können *dürfen*. Perrick blickte nachdenklich in das Gesicht des jungen Mädchens vor sich. Sie war schon grau im Gesicht, in ihren blutunterlaufenen Augen stand der Wahnsinn. Er war wirklich überrascht gewesen, dass sie ihn nicht angebettelt hatte, sie am Leben zu lassen. Sie war zäher, als sie aussah. Vielleicht war sie eine Verbündete der Gabenträger?

Dass sie lebte, passte nicht zum üblichen Vorgehen der Teufel. Sie waren gründlich. Perrick versuchte eine Zusammenfassung: Die andere Krankenschwester hatte ihn nicht gesehen. Der Mann, der ihn am See gefunden und ins Hospital gebracht hatte, erinnerte sich nicht an sein Gesicht. Die einzige Person, die ihn gesehen hatte und lebte, saß vor ihm. Wieso hatte er *sie* nicht getötet? Sie war keine Gabenträgerin. Wenn sie aber wirklich eine Verbündete der Abarten war, war sie lebendig kostbarer.

Er gestand es sich nicht gern ein, aber er war unschlüssig, was er tun sollte. Er ballte die Fäuste zusammen und schnaubte abfällig, als er wieder zu ihr blickte. Er hatte beim Nachdenken die Zeit vergessen. Alizar Tyrowe lag mit dem Kopf bereits auf dem Tisch und japste nach Luft. Er musste herausfinden, wieso sie noch am Leben war. Aber dafür musste sie die nächsten Minuten überleben. Er fluchte, sprang auf und griff in eine seiner Hosentaschen. Er brach die Spitze einer gläsernen Ampulle ab und schüttete den gesamten Inhalt in Alizars blutigen Mund.

Als Alizar später stöhnend erwachte, bildeten sich weiße Schlieren vor ihren Augen, die verschwammen, bis Alizars Augen sich an die Helligkeit gewöhnt hatten. Ihr war speiübel, sie hatte hämmernde Kopfschmerzen, ihre Hand schmerzte unermesslich und sie hatte keine Ahnung, wo sie war. Die weißen Steinwände schienen näher zu kommen. Die Erinnerungen kehrten blitzartig zurück und ihr Magen zog sich krampfartig zusammen. Sie übergab sich kläglich, ohne den Kopf überhaupt gehoben zu haben. Tränen liefen ihr seitlich über die Wangenknochen.

»Wie viel habt Ihr ihr gegeben, Kommandant?«, fragte eine Stimme und Alizar hörte sofort, dass nicht Sorge, sondern Bewunderung aus dieser Stimme sprach. »Sie war ein ganz fürchterlich durstiges Kätzchen«, sagte Perrick boshaft zu seinem Untergebenen. Der andere Mann pfiff anerkennend durch die Zähne. Perrick wies ihn forsch an: »Bringt sie rüber. Gut möglich, dass sie das überlebt.« Alizar schloss wieder die Augen und flehte stumm die Götter an, dass sich dies bewahrheiten würde.

Bergspitzen

Sie wurde unsanft gerüttelt. Benommen öffnete Alizar die Augen und starrte direkt in Perricks Gesicht. Schnell versuchte sie sich aufzusetzen. Alles drehte sich. Wo war sie? »Euer Freund kam nicht. Ihr seid offensichtlich nicht wichtig genug«, erklärte Perrick gelangweilt. Alizar schluckte. Sie hatte gewusst, dass er nicht kommen würde, aber die Gewissheit, dass sie seinetwegen hätte sterben können, traf sie. Er wusste vermutlich nicht einmal, dass sie hier war, und wenn, was hätte er ausrichten können. Das Gift hätte sie getötet.

Nur eine Närrin wie sie verhalf Fremden zur Flucht. *Nachdem ich ihn auch noch geheilt habe,* dachte sie und war selbst überrascht, wie bitter der Gedanke schmeckte. Perrick fixierte sie mit warnendem Blick und presste zwischen zusammengebissenen Zähnen hervor: »Ich schicke Euch nach Hause. Wenn Ihr jemandem hiervon erzählt, werdet Ihr sterben. Und dagegen war unser heutiges Aufeinandertreffen ein Spaziergang.« Sein Blick ließ sie nicht zweifeln. Sie nickte. Plötzlich lächelte er sie freundlich an und sprach feierlich: »Alizar Tyrowe, es war mir eine Freude, Euch kennengelernt zu haben!«, dann ging er mit festen Schritten aus der Tür.

Alizar atmete kaum hörbar auf und ihre Augen füllten sich unweigerlich mit Tränen. Ihr Herz fühlte sich plötzlich so voll und leer zugleich an. *Noch nicht*, befahl sie sich und schluckte den Kloß in ihrem Hals hinunter. »Kommt, ich setze Euch in einen Wagen«, sagte die andere Wache im Raum und führte sie aus dem Raum, der offensichtlich im selben Flur wie das Zimmer des Kommandanten lag. Sie bekam ihre Tasche wieder und krallte sich an sie.

Als sie die Treppen des Hauptquartiers auf wackligen Beinen hinunterstieg, spürte sie einen Blick im Rücken und sie wusste genau, wessen. Aber Alizar blickte sich nicht um. Sie würde später darüber nachdenken, was sie erlebt hatte und was das nun bedeutete. Jetzt war es nur wichtig, einen Fuß vor den andern zu setzen, nicht in Tränen auszubrechen und aus dieser verfluchten Stadt zu kommen. Mit ihr stiegen noch zwei Wachen in den Wagen und sie hätte vor Wut schreien können, dass es dieselben waren, mit denen sie hergekommen war.

Sie sprach nicht ein Wort, die ganze Fahrt über. Sie traute sich aber auch nicht zu schlafen, sondern starrte nur krampfhaft aus dem Fenster und hatte immer nur im Kopf: *Noch nicht.* Als sie nach Stunden endlich durch eine Gegend fuhren, die ihr bekannt vorkam, öffnete sie ihre versteiften Hände und atmete tief ein. Die dunklen, tiefhängenden Bäume, die Wiesen, der

Wald. Und dann sah sie auch die Berge. Sie war noch nie so froh gewesen wie in diesem Moment, die Bergspitzen über Tulophidel zu sehen.

Das Gebirge war alt und die Berge waren kaum zu besteigen, aber sie war früher oft am Fuße der Berge gewesen und hatte dort mit ihrer Freundin gespielt. Lilleth war ihre beste und einzige Freundin gewesen. Sie war mit ihrer Familie nach Cicefa gezogen, als die Unruhen begangen. Lilleth hatte sie noch einmal besucht und auch Alizar war nach Cicefa gereist, um sie zu besuchen, aber der Kontakt war weniger und weniger geworden. Es war schon Monate her, seit Alizar eine Antwort auf ihren letzten Brief erhalten hatte. Traurigkeit überkam sie. Sie hätte gerne Lilleth davon erzählt. Lilleth hätte in die Luft geschlagen und gerufen: »Nimm das, Kommandant! Und das!« und hätte Alizar zum Lachen gebracht, obwohl es das Letzte war, was sie wollte. Dann hätte Lilleth sie in den Arm genommen und gesagt: »Wir lassen uns nicht unterkriegen, Aliz. Niemals.«

Ewigkeiten

Alizar lächelte traurig. Sie hatte sich nie so einsam gefühlt wie jetzt. Sie hatte ihre Mutter verloren, als sie noch ein Kind war, und war mit ihrem trunksüchtigen Vater alleine gewesen, der sich für alles interessierte, nur nicht für sie. Sie hatte aber Lilleth gehabt, die älter war und ihr beibrachte, sich zu behaupten und auch, sich nicht zu ernst zu nehmen.

Abrupt kam der Wagen zum Stand und Alizar blinzelte sich zurück in die Gegenwart. Sie standen am Dorfeingang. Die Wachen ließen sie hier hinaus. *Umso besser, dann wissen sie nicht, wo ich wohne.* Sie stieg wortlos aus. Der Boden fühlte sich nach der langen Fahrt ungewohnt an, aber die Erleichterung, die sich in ihrer Brust breit machte, ließ sie sicheren Fußes einen Schritt nach dem anderen machen. Schnell ging sie dem Dorf zu. Es war früher Abend, der Himmel war in zarten Pastelltönen getuscht und die Vögel zwitscherten ihr Nachtlied. Sie ging sogar einen kleinen Umweg, falls die Wachen sie verfolgen würden.

Als sie vor ihrem Haus stand, atmete sie tief ein und wäre am liebsten losgelaufen. Das kleine weiße Haus mit den braunen Balken und dem braunen Dach lag in den letzten Abendstrahlen der Sonne. Sie öffnete die

Haustür, schlüpfte hinein, schloss die Tür schnell wieder hinter sich und verriegelte sie. Rasch warf sie einen Blick aus dem Fenster. Es war niemand zu sehen.

Sie drehte sich um und atmete ihr Zuhause ein. Das einzige, was ihr geblieben war. Sie war nicht lange fort gewesen und doch fühlte es sich unwirklich an zu sehen, dass das Geschirr von ihrem Abendessen, das sie vor dem Nachtdienst gegessen hatte, noch dort stand, wo sie es gestern hatte stehen lassen. Als lägen Ewigkeiten dazwischen. Sie stand mitten in ihrer kleinen, gemütlichen Küche und wusste plötzlich nicht, was sie tun sollte, jetzt, wo sie endlich zuhause war.

Der Kloß wuchs wieder, als ihr die Erinnerungen hochkamen, und sie beschloss, dass sie jetzt nicht *nichts* tun konnte. Also stieg sie die Treppen hinauf, ließ sich eine Badewanne ein, und während des Wasser einlief, räumte sie auf, bis sie nichts mehr finden konnte, was sie verräumen konnte. Dann zog sie endlich die stinkende Dienstkleidung aus und stieg langsam in das viel zu heiße Badewasser. Sie lehnte sich zurück und ließ zu, dass der Kloß in ihrem Hals wuchs und wuchs und letztlich alles aus ihr herausbrach. Hemmungslos ließ sie die Tränen über die Wangen laufen und sie schluchzte, während sie sich schrubbte und wusch, als könnte sie alles Erlebte auslöschen.

Stunden vergingen, bis Alizar nur noch in kaltem Badewasser dasaß und nachdachte. Jede Bewegung ihrer Hand erinnerte sie an Athanasía. Sie würde die Hand aber nicht ganz heilen, hatte sie beschlossen. Sie traute Perrick kein Stück und wollte kein Risiko eingehen. Sie schaute sich nun das erste Mal die Wunde richtig an. Das Messer war gerade durch ihren Handrücken gestochen worden, mit einer Präzision, die unterstrich, dass Perrick ausgezeichnet mit einer Waffe umgehen konnte. Alizar schloss die Augen und spürte nach ihrer Hand. Sie müsste zumindest die durchtrennten Sehnen heilen, um ihre Hand benutzen zu können. Sie würde einen Verband tragen und die Wunde oberflächlich offenlassen. Sie brauchte zwei gesunde Hände. Um sich zu rächen.

Nebelschleier

Alizar lag noch lange wach und versuchte zu verstehen, was passiert war. Ihr gingen die Worte des Kommandanten nicht aus dem Kopf. *Jezael*, hatte Perrick gesagt. Und dass er eine Abart sei. Keine Gnade kannte. Und sie aus einem unbekannten Grund nicht getötet hatte. *Da seid ihr schon zwei,* dachte Alizar. Sie wusste, dass Perrick sie nicht aus den Augen lassen würde. Aber was war mit Jezael?

Sie dachte an sein Gesicht, das sie nicht hatte lesen können. Seine dunklen Augen. Alizar verdrehte die Augen und vergrub ihren Kopf unter einem Kissen. Nein, da war es nicht besser. *Ich bin gerade dem Tod entronnen und denke an den Mann, dem ich diese Situation zu verdanken habe.* Sie wollte sich am liebsten selbst schütteln. *Närrin.* Sie hielt sich vor Augen, dass sie so viele Fragen hatte, die sie niemandem stellen konnte. Was waren Gabenträger? Was bedeutete, dass sie *schnell heilten*? Und wieso hatte Jezaels Wunde sich dann ausgebreitet? Was hatte er auf der Bank zu ihr gesagt, und hatte er Antworten darauf, wieso sie Verletzungen spüren und heilen konnte?

Sie wälzte sich hin und her, starrte an die Decke und war wütend, weil sie eigentlich sterbensmüde war. Schließlich ging sie genervt die Treppe hinunter, versicherte sich noch einmal, dass die Tür verriegelt war, und nahm sich in der Küche ein Messer aus der Schublade. Sie stieg die Treppen wieder hinauf, legte sich auf den Rücken in ihr Bett und behielt das Messer unter der Decke auf der Brust fest umklammert. Irgendwann fielen ihr vor lauter Erschöpfung dann doch die Augen zu. Sie schlief unruhig und hatte Träume, die sie kein zweites Mal sehen wollte.

Die nächsten Tage waren in einen Nebelschleier gelegt. Alizar schlief weiterhin schlecht und ertappte sich oft dabei, wie sie ins Nichts starrte und über das Erlebte nachdachte. Der Alltag, die Arbeit und die Tatsache, dass sie mit niemandem darüber sprechen konnte, was passiert war, legten sich wie schwere Steine auf ihr Gemüt. Amalie hatte im Hospital mehr als einmal versucht, sie auszuhorchen, doch Alizar war nicht darauf eingegangen. Perrick war unmissverständlich gewesen. Sie wusste auch nicht, was sie Amalie hätte erzählen sollen. Diese hatte nur verstohlen auf Alizars verbundene Hand gestarrt. Alizar hätte schwören können, dass sie dabei schadenfroh aussah. Sie trug die Hand weiterhin verbunden, denn sie hatte Recht behalten: In Tulophidel gab es plötzlich mehr Wachen als sonst. Wann immer sie das Haus verließ, sah sie, wie auch die Wachen sich in Gang setzten und taten, als würden sie patrouillieren. Alizar war klar, dass jeder ihrer Schritte beobachtet wurde, und dass dies nicht zu ihrem Schutz geschah. Sie spürte einen tiefen Hass, wenn sie an den Schutzarm dachte.

Weitere Tage und Nächte vergingen, aber es geschah nichts. Sie wusste nicht, was Perrick sich erhoffte. Sie wusste auch nicht, was sie sich erhoffte. Sie dachte oft an Jezael, aber in ihrer Brust machte sich langsam die Gewissheit breit, dass sie ihn nicht wiedersehen würde. Dieses bedrückende Gefühl ließ sich kaum fortatmen. Sie schämte sich. Insgeheim hatte sie gehofft, dass er kommen würde. Auch in den nächsten Tagen fand sie keine befriedigende Antwort oder Beschäftigung. Die Wachen wurden weniger und weniger, als hätte auch Perrick endlich verstanden, wie unwichtig sie war.

Kirschtaschen

Alizar öffnete blitzartig die Augen. Sie lag in ihrem Bett und hielt das Messer auf ihrer Brust fest umklammert. Ein Blick aus dem Fenster verriet ihr, dass es mitten in der Nacht sein musste. Etwas hatte sie geweckt. Sie horchte konzentriert in die Stille der Dunkelheit. Leise rollte sie sich aus dem Bett und blickte aus dem Fenster. Entfernt an einem Baum standen zwei Wachen. Vermutlich hatten diese sie geweckt. Sie atmete tief durch, legte das Messer auf ihrem Nachttisch ab und ging ins Bad. Als sie wieder ins Bett schlüpfte und nach ihrem Messer greifen wollte, blickte sie auf einen leeren Nachttisch. Panisch sprang sie aus dem Bett und blickte sich suchend um. Sie hielt die Hände in Kampfstellung und schlich durch das Obergeschoss ihres kleinen Hauses. Hier oben war niemand.

Wo befand sich ihr Messer? Erneut ging Alizar ins Bad und schaute sich dort um. Vielleicht hatte sie das Messer im Halbschlaf hier liegen lassen? Aber es lag auch dort nicht. Es war offensichtlich, dass es jemand genommen haben musste. Sie ging lautlos zurück in den Flur, griff nach einer möglichst schweren Blumenvase und blickte auf die Treppen. Ihr Herz schlug bis zum Hals, als sie die Stufen im Nachthemd und mit einer Blumenvase bewaffnet hinunterstieg. Auf der letzten Stufe angekommen, blickte sie sich in ihrem dunklen Wohnzimmer um. Ihr Blick glitt zur offenen Küche. Sie musste sich beherrschen, nicht laut zu schreien.

Dort stand ein Mann. Er lehnte an ihrem Herd und blickte sie an. Der Eindringling war ganz in Schwarz gekleidet und Alizar hatte einen Moment lang geglaubt, es sei Jezael. Es war aber nicht Jezael. Der Mann hatte eine ähnlich sportliche Statur, doch war er kleiner und hatte lange braune Haare zu einem Zopf gebunden. Ihre Blicke trafen sich. Sie nahm die Vase fester in die Hand. Ein spöttisches Lächeln machte sich auf seinem Gesicht breit. «Ich wurde lange nicht mit Blumen empfangen. Wie freundlich von dir«, sagte er mit einem starken Akzent, den Alizar sofort wiedererkannte. Sie blickte den Mann zornig an und zischte: «Wer seid Ihr und was wollt Ihr hier? Und warum duzt Ihr mich?«

Sie beobachtete, wie er entspannt in etwas biss. «Sind das Kirschtaschen?« rief sie ungläubig. Er nickte kauend und zeigte hinter sich auf einen Beutel. «Die standen vor deiner Tür. Köstlich. Willst du auch eine haben?« *Perin.* Alizar blickte sich verwirrt um. Was passierte hier? Der Mann machte eine kleine Verbeugung und lächelte freundlich. »Mein Name ist Karul und ich dachte, wenn man jemandem das Leben rettet, wäre ein *du* in Ordnung.«

Alizar schaute ihn noch ungläubiger an und fragte: »Wann habt Ihr mir denn das Leben gerettet?« »Das tue ich gerade. Wir müssen los.« Er ging wie selbstverständlich auf die Tür zu. Alizar blickte ihn nur noch verwirrter an. »Was redet Ihr da? Wohin müssen wir los?«, rief sie verärgert. Der Mann, *Karul*, drehte sich wieder zu Alizar, die sich unwillkürlich anspannte. Er schaute über seine Schulter zum Fenster und drängte: »Die Wachen sind heute Nacht nicht nur hier, um dich zu beobachten, Alizar. Sie haben etwas vor. Du musst mitkommen, wenn du nicht sterben willst.«

Antworten

»Wieso sollten sie mich töten? Ich gehe mit Euch nirgendwohin!«, gab Alizar wütend zurück. Karuls Blick wurde grimmig. »Weil der Kommandant dich nur deshalb hat gehen lassen, weil er dachte, dass ihn dies zu Jezael führt. Und zu uns!«, gab der Eindringling stoisch zurück. Alizar schoß das Gesicht von Perrick vor Augen und sie wurde wütend. Im nächsten Moment hatte sie Jezaels Gesicht im Sinn und sie blickte böse zu dem Mann in ihrer Küche. Er fing ihren Blick auf und es entging Alizar nicht, dass ein Schatten über sein Gesicht huschte. »Wir werden dir alles erklären«, flüsterte er. Alizar blickte in Karuls Gesicht, der sie freundlich aus warmen Augen ansah und genüsslich die Kirschtasche aß. »Ich will wissen, wieso er gesucht wird!«, rief Alizar bestimmt. Er nickte. »Sobald wir –« Sie unterbrach ihn ungehalten. »Bevor ich mit Euch irgendwohin gehe, brauche ich Antworten.«

Sein Kiefer spannte sich an und er wurde sichtlich ungeduldig. »Es ist eine komplizierte Geschichte. Wir sind nicht die Bösen, Alizar. Jetzt komm!« Alizar kniff die Augen zusammen. Sie dachte unwillkürlich an Perricks Worte, dass es ungewöhnlich war, dass Jezael sie am Leben gelassen hatte. Sie wandte sich wieder an Karul: »Woher weiß ich, dass Ihr mich nicht tötet?« Er schnaubte belustigt: »Alizar, wenn Jez dich hätte töten wollen, hätte er es längst getan. Und denkst du, dein Buttermesser oder die Blumenvase könnten mich davon abhalten?« Er blickte ungeduldig zur Tür. Aus ihr brach eine weitere Frage: »Wieso ... wieso ist er nicht hier? Wieso seid Ihr gekommen?«

Karul blickte sie einige Sekunden überrascht an, dann erklärte er: »Er hat befürchtet, dass du nicht mitkommen würdest wegen ... wegen dem, was in Athanasía passiert ist.« *Guter Punkt.* Im nächsten Moment blitzten Karuls Augen vergnügt auf und er sprach: »Du hast ihn ja kennengelernt. Er dachte womöglich, es wäre sinnvoller, den charmanteren Gabenträger zu schicken.« Er zuckte grinsend mit den Schultern. Was immer Karul an sich hatte, Alizar fühlte sich nicht von ihm bedroht, sie fühlte sich fast schon wohl in seiner Gegenwart. Für einen kurzen Moment entspannte sie sich. Aber blitzartig erinnerte sie sich daran, dass ihre Gutgläubigkeit sie noch vor ein paar Monden vergiftet und mit einem Messer in der Hand in den Verhörraum des königlichen Schutzarmes gebracht hatte. Sie richtete sich auf.

»Nein«, sprach sie, »ich bleibe hier!« Karul schenkte ihr einen verständnislosen Blick, dann trat er einen Schritt näher und jede Spur von Alberei war aus seinem Gesicht verschwunden. «Du hast keinen

Grund mir ... *uns* zu trauen, das verstehe ich. Aber du hast noch weniger Grund, den Wachen da draußen zu trauen», sprach er eindringlich. Karul blickte plötzlich konzentriert zu ihrer Haustür und flüsterte: «Wir müssen wirklich los, verdammt! Kommst du?», und wandte sich ihr wieder zu. Alizar schüttelte vehement den Kopf. Karul presste seine Lippen aufeinander und zuckte dann mit den Schultern. »Wie du willst. Es sind sechs Wachen auf dem Weg hierher. Viel Glück!«, sagte er und machte einige Schritte auf die Haustür zu. Alizar blickte versteinert. Ob er die Wahrheit sagte? Konnte sie ihm trauen? Hatte sie überhaupt eine Wahl? Sie atmete tief ein. Wenn sechs Wachen mitten in der Nacht auf dem Weg zu ihr waren, dann bedeutete das nichts Gutes. Vielleicht würde sie wieder nach Athanasía gebracht werden. Alizar schauderte bei dem Gedanken. Ihre Entscheidung war gefallen. Sie straffte ihre Schultern und sprach mit fester Stimme: »Warte!« Karul hielt inne, drehte sich halb zu ihr um und lächelte schelmisch. Sie trat unsicher auf ihn zu und er streckte ihr seine Hand entgegen. Bevor sie sich fragen konnte, warum er das tat, hatte er schon nach ihr gegriffen, und im nächsten Augenblick war das Haus leer.

Elypsa

Alizar landete auf dem Bauch, rollte sich sogleich auf den Rücken und starrte in das grinsende Gesicht von Karul. Ihr Blick schwirrte umher, sie sah den dunklen Sternenhimmel und da war nichts als rote Wüste. »Bei den Göttern!« rief Alizar. «Wo habt Ihr mich hingebracht?« Karul streckte ihr eine Hand entgegen. Alizar setzte sich auf, ließ sich aber sofort wieder auf den Rücken fallen. Ihr war furchtbar schwindlig. »Und *wie* habt Ihr mich hierhin gebracht?«

Karuls Grinsen wurde nur breiter, als er sagte: »Willkommen in Elypsa, Alizar.« Sie schaute ihn verwirrt an. Davon hatte sie noch nie gehört. Dann dämmerte es ihr. »Sind wir … wir sind nicht mehr in Martagon..?!« Karul nickte. »Wir sind in Darilath. Wie sagt ihr? Das *Land der Wilden.* Fühl dich wie zu Hause.« Er zwinkerte ihr zu und Alizar starrte ihn schockiert an. Dann stand sie abrupt auf und stellte ihn zur Rede: »Was machen wir hier? Wo sind die anderen?« Karul runzelte die Stirn. »Welche anderen?«

Alizar fiel alles aus dem Gesicht. Sie stand in ihrem Nachthemd mitten in der Wüste in einem fremden Land mit einem Verrückten. Sie wusste nicht, ob sie lachen oder weinen sollte. Sie wollte sich auf Karul stürzen, besann sich aber eines Besseren; er war ihre einzige Möglichkeit hier zu überleben. Sie konnte es nicht fassen. War dies eine Falle? Wollten die Gabenträger sie loswerden?

»Ich habe eine Frage, Alizar.« Sie schaute in Karuls Gesicht, der sie nun ernst anblickte. »Wieso hast du Jezael geheilt? Er war sicher nicht sonderlich freundlich zu dir.« Sie ergründete sein Gesicht. Er meinte die Frage ernst. Sie zuckte die Schultern. »Wieso hätte ich ihn denn nicht heilen sollen? Er wäre gestorben.« Er blickte ihr prüfend in die Augen und nickte dann. »Ich danke dir«, sprach er und lächelte sie traurig an. Im nächsten Moment war der traurige Ausdruck wieder verschwunden und er grinste: »Nun, was machen wir jetzt?« Alizar blickte ihn wieder erstaunt an. »Das fragst du mich? Du hast uns doch hergebracht!«, raunte sie ihm empört zu. Er runzelte die Stirn, blickte sich um und wandte sich wieder an sie. »Ich bin so durstig.« Er fixierte Alizar. »Was trinkt ihr Menschen denn so? Wir Gabenträger trinken nur das Blut von Frauen unter 25 Sommern.« Er lächelte sie freundlich an. »Wie alt bist du nochmal?«

Alizar war fassungslos. Sie schloss die Augen, atmete tief durch und nahm Kampfstellung ein. Sie hatte noch nie gekämpft, aber die Götter wollten sie wohl tot sehen. Sie öffnete die Augen und schaute

Karul kampfbereit ins Gesicht. Dieser prustete plötzlich aus vollem Herzen los und bekam sich nicht mehr ein. Er nahm sie am Arm, und unter anhaltendem Lachen führte er sie ein Stück weiter gen Osten. Plötzlich blieb er stehen und griff ins Nichts, als würde er einen unsichtbaren Vorhang beiseiteschieben, durch den er Alizar nun hindurchdrängte.

Dunkler Rauch

Alizar konnte nicht glauben, was sie dort sah. Vor ihr lagen noch immer die Weiten der roten Wüste, doch war unter dem glasklaren, dunkelblauen Sternenhimmel ein Dorf aus weißen Zelten in unterschiedlichen Größen. Hübsche Lampen und Laternen erhellten das Zeltdorf, es gab Lagerfeuer und Musik. Alizar sah einige Personen, die umherliefen, und solche, die beieinandersaßen. Es roch nach köstlichem Essen. Und da waren überall kleine Falter, die durch das Dorf flogen.

»Willkommen in Elypsa, Alizar«, wiederholte Karul strahlend, »dem richtigen«, fügte er mit einem Zwinkern hinzu. Alizar ging vorsichtig hinter Karul her, während ihr Blick umherwanderte und sie nicht aufhören konnte zu staunen. Wo eben nur Wüste gewesen war, war nun so viel Leben. Das Zeltlager war wie ein Dorf mit einem Kern, in dem viele kleine Lagerfeuer brannten. Menschen saßen darum herum, tranken gemeinsam und unterhielten sich angeregt. Einige hoben den Blick, als die beiden an ihnen vorbeigingen, und nickten Karul zu. Als sie Alizar erblickten, senkten sie den Blick oder schauten misstrauisch.

Je weiter sie nach außen kamen, desto weniger

Lichter brannten, aber es war zu sehen, dass in einigen Zelten noch nicht geschlafen wurde. Das Dorf war umgeben von Dünen, und außerhalb des Zeltdorfes sah Alizar auch einige größere Steine stehen. Sie hörte eine sanfte Melodie, bald ruhiger und bald rhythmischer. Karul drehte sich um. »Wir sind da!«, informierte er sie lächelnd. Sie standen vor einem der großen, weißen Zelte. Wieder ging Karul vor und öffnete den Vorhang. Alizar folgte ihm hinein.

Das Zelt war geräumig und gemütlich eingerichtet. Es gab eine Essecke mit einem großen Tisch und Stühlen. Mitten im Zelt stand eine riesige, runde Plattform, auf der Kissen und Decken lagen, außerdem zwei Personen, die Alizar mit großen Augen anstarrten. Eine junge Frau mit blonden Haaren und grünen Augen sprang sofort auf. »*Salí* Alizar! Ich meine, hallo, willkommen im Dorf der Nachtfalter!«, rief sie aufgeregt. Sie kam strahlend auf Alizar zu. Die Frau hatte breite Schultern und trug ein blaues Kleid, unter dem sich ihre starken Arme und Beine abzeichneten. Alizar war sofort eingeschüchtert, besonders, als ihr einfiel, dass sie noch ihr Nachthemd trug.

»Mein Name ist Lyria«, stellte die Frau sich vor. Alizar lächelte Lyria verlegen an, die sie daraufhin einfach in eine feste Umarmung schloss. Nun stand auch der Mann auf und kam auf sie zu. Alizar hoffte, er würde sie nicht auch umarmen, und als hätte er ihren stummen Wunsch gehört, lächelte er sie nur an, nickte und sagte: »Ich bin Rami.« Er stellte sich neben Karul, der ihm ein liebevolles Lächeln schenkte, woraufhin Rami etwas in einer Alizar fremden Sprache erwiderte und ihm einen Kuss auf die Wange gab.

Lyria wandte sich an Alizar. »Wie war die Hinreise? Es tut mir so leid um dein Haus!«, sagte sie mitfühlend. Alizar blickte sie verwirrt an. »Was ist mit meinem Haus?« Es folgte eine betretene Stille. Karul rollte die Augen und warf Lyria einen finsteren Blick zu, als er ungehalten fragte: »Ja, Lyria, was ist denn mit ihrem Haus?« Lyria biss sich auf die Lippe. »Alizar, möchtest du vielleicht erstmal etwas trinken? Wir haben …« Alizar war blass geworden und unterbrach Lyria auf die höflichste Art, die ihr nur möglich war: »Ich möchte bitte wissen, was mit meinem Haus ist.«

Karul und Rami verließen murmelnd das Zelt. Lyria seufzte gequält. »Setz dich neben mich!«, forderte sie Alizar auf. Alizar nahm neben Lyria Platz und diese nahm ihre Hände. Plötzlich konnte Alizar ihr Haus vor ihrem inneren Auge sehen. Oder das, was davon übrig war. Dunkler Rauch, vereinzelte kleine Feuer, und überall lagen brennende Reste von dem, was einmal ihr Haus gewesen war. Sie ließ Lyria schockiert los, die sie bedauernd anblickte.

In diesem Moment öffnete sich der Vorhang und Alizar erkannte sofort, wer dort stand. »Sind sie angek...«, fragte er und blickte sich um. Sein Blick traf den von Alizar und er verstummte. Er trug eine schwarze Hose und ein weites Hemd. Alizar hätte diese Augen aus hundert Metern Entfernung erkannt. Jezael Al Varis. Alizar sprang erregt auf. »*Ihr!*«, presste sie wild hervor und sprang auf ihn zu.

Fell und Ohren

Seine braunen Augen fixierten Alizar mit festem Blick und er hob fragend die Augenbrauen. Lyria verbarg ihr Gesicht in den Händen und Jezael warf ihr einen bösen Blick zu, als er verstand, was passiert war. Alizar stand nun direkt vor ihm und musste hochschauen. »Ich habe Euch das Leben gerettet und zum Dank zerstört ihr das meine?«, rief sie ihm zornig entgegen. Die Tränen standen ihr in den Augen. Jezaels Gesichtsausdruck war unleserlich, als er schlicht antwortete: »Ich habe nach bestem Gewissen gehandelt.«

Alizar konnte sich nicht mehr zurückhalten: »Ihr habt mich, wohl wissend, was geschehen würde, zurückgelassen. Ihr habt zugelassen, dass ich gefoltert werde. Und dann schickt Ihr einen Verbündeten, um mir zu danken, dass ich Euch gerettet und nicht verraten habe. Handelt Ihr so nach bestem Gewissen?«

Seine Gestalt verschwamm unter ihren Tränen und sie lief augenblicklich aus dem Zelt. Sie wusste nicht, wohin sie lief, sie lief einfach, bis sie das Gefühl hatte, an einem Ort angekommen zu sein, wo sie ungestört war. Sie setzte sich mit dem Rücken an einen großen Stein und weinte kläglich dem Nachthimmel entgegen. Sie weinte um ihr Haus, sie weinte um die Erinnerungen, die in den Flammen zerstört worden waren, und sie weinte um ihr Leben, das sich so schnell verändert hatte. Sie hatte verstanden, dass es keinen Weg zurück gab. Perrick wollte sie vernichtet sehen, deshalb hatte er das Haus abgebrannt. Sie würde nicht zurückkehren können. Sie schluckte und ließ den Kopf hängen.

Auf einmal spürte sie etwas Weiches an ihren Beinen. Sie erschrak und wollte schon schreiend aufspringen, als sie in das Gesicht eines kleinen Wesens blickte, das neugierig den Kopf neigte. Wieder rieb sich das kleine Tier an ihren Beinen und Alizar musste lächeln. »Hallo, wer bist denn du?«, fragte sie neugierig.

Das Tier reichte ihr bis zu den aufgestellten Knien, hatte große, lange Ohren und eine spitze Schnauze. Das Fell hatte die Farbe von hellem Sand. Da fiel es Alizar ein. »Du bist ein Wüstenfuchs!«, rief sie erfreut. Der kleine Fuchs quiekte und warf sich auf den Rücken. Alizar konnte ihren Augen kaum trauen. Der Fuchs gab wieder vergnügte Laute von sich, als sie seinen Bauch streichelte. Alizar kicherte. »Das magst du? Ich dachte, Wüstenfüchse sind wilde Tiere!« Der kleine Fuchs zeigte ihr seine Zähne, als wollte er sagen: »Bin ich doch!« und Alizar war der festen Überzeugung, dass sie nun endgültig den Verstand verloren hatte. Sie blieb noch eine ganze Weile sitzen und blickte gedankenverloren in den roten Sand. Der Fuchs blieb bei ihr und hatte sich zwischen ihren Beinen zu einem runden Etwas aus Fell und Ohren zusammengerollt.

Irgendwann waren am Horizont die ersten Farben des kommenden Tages zu sehen und Alizar beschloss, zurückzugehen. Sie wollte sich entschuldigen. Jezael konnte nichts für das alles. Er hatte nicht darum gebeten, geheilt zu werden. Und er hatte sie von Karul aus ihrem Haus holen lassen, bevor der Schutzarm es abgebrannt hatte. Sie lief zurück ins Dorf und fand auch rasch das Zelt, in das sie gebracht worden war. Davor saß Karul an der Glut eines Feuers und richtete sich schlagartig auf, als er sie sah. »Alizar ...«, begann er unglücklich. Sie lächelte ihn traurig an und flüsterte: »Ich ... Es war einfach zu viel. Ich muss mich bei Jezael entschuldigen, wo ist er?« Karul schaute zerknirscht. »Er ist weg …«

Er stand auf und ging auf sie zu. »Komm, ich zeige dir dein Zelt!«

Rohes Fleisch

Alizar und Karul liefen an vielen Zelten vorbei, bis sie vor einem der kleineren Halt machten, und Alizar vermutete, dass das ihr Gästezelt sein musste. Sie gingen hinein und Alizar fiel beinahe die Kinnlade hinunter. Das Zelt war gemütlich eingerichtet und erinnerte sie an ihr eigenes Schlafzimmer. Ein großer Teppich lag auf dem Boden, ein Bett mit Kissen und Decken stand in der hinteren Hälfte des Zeltes und neben einem kleinen runden Tisch mit zwei Stühlen stand ein gefülltes Bücherregal. Entlang der Decke des Zeltes schlangen sich kleine Lichtgirlanden und in den Ecken standen Töpfe mit Pflanzen, die Alizar noch nie gesehen hatte. »Richtet ihr alle Gästezelte so ein?«, fragte sie überrascht. Karul schüttelte den Kopf. »Das ist kein Gästezelt, Alizar. Jez hat es für dich eingerichtet, sobald er aus Tulophidel zurück war. Er hatte nur gehofft, du würdest es nicht brauchen.«

Alizar blickte stumm in das Zelt. *Ich bin eine Närrin.* Alles, was sie sagen konnte, war: »Oh.« Karul blickte sie nachdenklich an, wollte etwas sagen, schüttelte dann leicht den Kopf und sprach: »Lass uns etwas Schlaf bekommen. Morgen ist ein neuer Tag!« Alizar nickte. Karul blickte sie noch einmal lächelnd an und ging aus dem Zelt. Alizar flüsterte noch:

»Danke«, aber Karul konnte es nicht mehr hören. Sie zog das Nachthemd aus und warf sich auf das Bett, das an Gemütlichkeit nicht zu überbieten war. Ihr schlechtes Gewissen wuchs. Im nächsten Moment war sie dennoch eingeschlafen.

Alizar schlief so gut wie schon lange nicht mehr, und sie hätte auch noch weitere Stunden geschlafen, wenn sie nicht von einem Geräusch geweckt worden wäre. Sie öffnete verschlafen die Augen und erblickte Lyria im Zelteingang. Lyria strahlte sie an, als hätte Alizar sich nicht wie der letzte Storchschnabel benommen, und rief »Endlich bist du wach!« Alizar blinzelte und grummelte zur Antwort: »Ich bin wach, weil du mich geweckt hast.« Sie schickte ihr sicherheitshalber noch ein leicht gezwungenes Lächeln hinterher. Lyria lachte und erklärte ihr: »Ich war schon drei Mal hier, aber du hast geschnarcht wie ein Bison. Ich habe etwas mit dir vor!«

Alizar rieb sich die Augen und ihr fiel wieder ein, was gestern passiert war. Sie warf die Beine aus dem Bett und schüttelte den Kopf. »Ich muss erst mit Jezael sprechen. Ich habe so viele Fragen und muss mich entschuldigen.« Lyria lächelte sie betreten an und antwortete: »Er ist noch nicht zurück und … Gib ihm ein wenig Zeit. Ich denke, deine Anschuldigung –« Sie überlegte. »Kann ich sagen *traf auf rohes Fleisch*? So sagt man es in unserer Sprache.« Alizar schluckte. Das traf *ihr* rohes Fleisch. Lyria trat näher und versprach ihr: »Ich werde dir die Fragen beantworten, die ich beantworten kann. Komm, du willst das nicht verpassen.« Alizar blickte an sich hinunter und druckste: »Ich habe keine Kleidung, Lyria.« Lyria griff in ihren Beutel und gab ihr ein Stück weißen Stoff, der sich als Leinenkleid herausstellte. Alizar dankte Lyria und zog es rasch an. Sie folgte Lyria, die schon losgegangen war.

Das Zeltlager war ruhig und es waren nur wenige Personen zu sehen. »Wo sind denn alle?«, wunderte sich Alizar. »Wir sind Nachtfalter, Aliz«, kicherte Lyria. Alizar brummte: »Und wieso sind wir denn schon auf?« Lyria lachte laut auf und Alizar konnte nicht anders, als Lyria zu mögen. Lyria flüsterte verschwörerisch: »Damit wir sie für uns haben!« Alizar schaute verwirrt. »Wen?«, fragte sie, doch Lyria lief rasch eine Düne hinauf. Alizar folgte ihr und dann konnte sie sie auch sehen.

Freudenschrei

Die Wüstenoase war umgeben von Palmen und grenzte an sandfarbenes hohes Gestein, aus dem ein kleiner Wasserfall in den türkisfarbenen ovalen See floss. Man hatte die Oase von den Zelten aus nicht erblicken können, da sie von den Dünen versteckt wurde.

Es war über zwei Jahre her, seit Alizar das letzte Mal schwimmen gewesen war. Sie blickte zu Lyria, die sie beobachtet hatte. »Werden wir da reingehen ..?«, fragte sie aufgeregt. Lyria fragte schmunzelnd: »Magst du?« Alizar gab einen Freudenschrei von sich, riss sich das Kleid vom Körper und lief die Düne hinunter. Dabei stolperte sie, sank im Sand ein und fiel auch beinahe hin, aber es war ihr egal, denn sobald sie das Gefühl von kaltem Wasser auf der Haut spürte, war ihr Kopf frei. Lyria folgte ihr ins Wasser und die beiden Frauen schwammen und tauchten, bis sie nicht mehr konnten.

Irgendwann setzten sie sich gemeinsam unter eine der Palmen. Alizar fühlte eine lange nicht gekannte Seligkeit. »Ist das eine Glücksoase?«, fragte sie Lyria misstrauisch. Diese lachte auf und antwortete: »Wenn man dich anschaut, könnte man das meinen.« Alizar schaute die schöne, herzliche Frau vor sich an und sprach: »Danke, Lyria. Aber wieso ..?« Lyria legte Alizar eine Hand auf den Arm und sagte: »Wir wissen, wie es sich anfühlt, Alizar.« Sie schluckte. »Wir alle haben unser Zuhause verloren. Und nicht nur unser Zuhause.« Lyria fuhr mit zunehmend brüchiger Stimme fort: »Karul und Rami haben beide jeweils ihre Eltern verloren, ich habe meinen Vater verloren, Jezael ... hatte niemanden mehr.« Sie schluckte. »Es ist eine lange Geschichte. Euer König vor dem gegenwärtigen Diktator lebte mit unserem Land in Frieden. Doch als Fyod gekrönt wurde, lud er unseren König zu neuen Verhandlungen bezüglich der Grenzen ein«, erklärte Lyria und Alizar graute es.

»Unser König wurde zusammen mit seiner Frau und fast allen, die bei der Verhandlung dabei waren, hingerichtet. Zeitgleich sind die Truppen des Schutzarms in unser Land einmarschiert und haben alle ermordet, die sie finden konnten.« Lyrias Gesicht war abgewandt. »Wir waren nach all den Jahren des Friedens unvorbereitet. Zudem hat Fyod etwas, was unsere Gaben neutralisiert. Wir waren unvorbereitet, unbewaffnet und in Unterzahl.«

Lyria blickte Alizar an, die Tränen liefen ihr über die Wangen und sie erzählte weiter: »Wir haben uns zusammengerottet, und wer immer konnte, ist geflohen. Wir sind nach Martagon geflüchtet, weil sie unser Land nicht in Ruhe ließen. Doch auch in Martagon wurden wir gesucht und verschleppt, jeden Abend, wenn die Sonne unterging.« Die *Abendstille*, dachte Alizar schockiert. Lyria blickte Alizar traurig an. »Jezael hat Elypsa vor einem Jahr geschaffen und wir haben die übrigen Gabenträger gesucht und hergebracht.« Alizar flüsterte: »Ich wusste nichts davon. Wie konnten wir davon nur nichts mitbekommen?« Lyrias Mund verzog sich gequält und sie antwortete: »Ihr solltet nichts davon mitbekommen. König Fyod will unser Land. Und er ist ein feiger Esel, der meint, wir Gabenträger könnten ihm gefährlich werden.«

Plötzlich sprang jemand zwischen den Palmen hervor und rief: »Wo wir gerade bei feige wären ... Rami war in der ganzen Zeit, die wir hier schwimmen gehen, noch nie im tieferen Gewässer!« Es war Karul, der lachend vor Rami ins Wasser sprang. Dieser versuchte spielerisch nach ihm zu schlagen, rief: »Gar nicht wahr!« und sprang hinterher. Die beiden Männer spritzen sich gegenseitig nass und rauften. Lyria und Alizar schauten lachend dabei zu. Alizars Gedanken kreisten aber unentwegt um das, was Lyria ihr erzählt hatte. Nach all dem lag eine gewisse Tragik darin, wie sie lachten und Spaß hatten.

Schuld

Die Sonne stand schon tief und nur der Hunger trieb sie zurück nach Elypsa. Das Dorf war zum Leben erwacht und aus allen Richtungen hörte man nun Geräusche. Von Weitem roch man schon, dass gekocht wurde, und Alizars Magen knurrte. *Was roch so gut?* Sie gingen an vielen Zelten vorbei, die anderen unterhielten sich kurz mit einer Gruppe. Alizar blieb mit ein wenig Abstand stehen und bewunderte die vielen Nachtfalter, die nun auch durch die Nacht tanzten.

Plötzlich gab es einen lauten Knall und Alizar sah nur noch helle Flecken. War das ein Blitz gewesen? Sie schaute zu ihren Begleitungen und stellte fest, dass vor Rami ein Fleck rauchender, verkohlter Sand zu sehen war und er wütend einen fremden Gabenträger anblickte. Lyria schüttelte den Kopf und Alizar fragte aufgeregt: »War das ein Blitz?« Lyria nickte finster. »Was ist passiert?«, fragte Alizar alarmiert. Karul druckste unbeholfen herum: »Nicht alle Gabenträger sind begeistert, dass ein Mensch in Elypsa ist.« Er hob entschuldigend die Arme. »Sie haben nur Angst.« Alizar rief entrüstet: »Ich bin doch keine Gefahr für euch!« Rami lächelte sie gütig an. »Das habe ich auch gesagt.« Lyria schüttelte wieder den

Kopf und sagte tadelnd: »Aber nicht mit Worten.«

Am Gemeinschaftszelt angekommen, sie nannten es *Hafen*, setzte Alizar sich auf ein Kissen an das Lagerfeuer. Karul und Rami gingen Essen holen und Lyria setzte sich neben sie. Plötzlich fiel Alizar etwas ein und sie fragte Lyria: »Was bedeutet *Elaes Anisma*?« Lyria blickte sie überrascht an und fragte: »Wo hast du das gehört?« Ohne Alizars Antwort abzuwarten, erklärte Lyria: »Es ist schwierig zu übersetzen. Es ist ein Versprechen. Es bedeutet am ehesten: Diese Schuld kann ich nur mit meinem Leben begleichen. Vielleicht auch: Diese Schuld trage ich bis zu meinem Tod.« Alizar blickte stumm in die Flammen des Feuers.

Rami und Karul kamen zurück und reichten Alizar eine Schale mit einem wohlduftenden, mit fremden Gewürzen gekochten Gemüseeintopf, wie ihn ihre Zunge noch nie geschmeckt hatte. Dazu gab es frisches Brot. Sie wusste nicht, ob sie so hungrig war, oder ob es wirklich das leckerste Gericht war, das sie je gegessen hatte. Die Sonne war am Untergehen und Alizar entschuldigte sich nach dem Essen. Sie ging den Weg, den sie meinte, in der Nacht genommen zu haben, als sie weggelaufen war. Irgendwann erreichte sie den Stein, an dem sie gelehnt hatte, und nahm dieselbe Position ein wie in jener Nacht. Ihr war nicht aufgefallen, dass sie von hier aus weit, weit über die rote Wüste Darilaths blicken konnte. Der Himmel war in ein dunkles Orange getaucht und die Dünen wurden mit jedem Moment dunkler, bis der ferne Horizont die müde Sonne verschluckt hatte. Alizar war überwältigt von dem Anblick und wünschte, ihr Fuchsfreund wäre da, um ihr Gesellschaft zu leisten. Sie starrte in die dunkler werdende Nacht und dachte darüber nach, was sie erlebt hatte. Was sie heute gehört hatte. Sie dachte an ihr Haus, an ihre Verluste und sie dachte daran, was sie hier gewonnen hatte.

In Tulophidel hatte sie nichts mehr. *Hatte ich dort etwas Lebenswertes gehabt, als das Haus noch stand?* Sie dachte an die Eintönigkeit ihres Alltages, die Einsamkeit, die Nachtdienste und daran, dass sich alles geändert hatte in dieser einen Nacht. Sie spürte, dass sie helfen wollte. Sie hatte nicht viel zu geben, aber sie hatte auch nichts mehr zu verlieren. Aus unerklärlichen Gründen beruhigte sie diese Erkenntnis sehr.

Vergebung

Alizar wurde von einem hellen Quieken aus den Gedanken gerissen, im selben Moment sprangen zwei lange Ohren auf ihren Schoß. »Da bist du ja! Ich habe gehofft, dass du kommst!«, lachte sie und kraulte dem kleinen Fuchs den Hals. Plötzlich antwortete eine tiefe Stimme: »Das klang letzte Nacht aber anders.«

Alizar erschrak und blickte den Fuchs an. Zu ihrer Erleichterung war es nicht der Fuchs, der ihr geantwortet hatte, sondern Jezael, der neben den Stein trat und sie finster anblickte. Sie räusperte sich und krächzte eine unverständliche Antwort. Er nahm wortlos neben ihr Platz und seine Anwesenheit machte sie nervös, insbesondere, weil sie beim Anblick seines Gesichtes die Worte, die sie sich zurechtgelegt hatte, vergessen hatte. Er zeigte auf den Wüstenfuchs. »Wie ich sehe, habt Ihr mit Elly Bekanntschaft gemacht«, stellte er fest. Alizar antwortete verlegen: »Ihr kennt ihn auch?« Jezael nickte und erklärte ihr: »Ich habe ihn hier gefunden und großgezogen.« Grinsend fügte er hinzu: »Ich hoffe, Ihr glaubt nicht, jeder Wüstenfuchs lässt sich den Bauch kraulen.«

Alizar räusperte sich und schwieg, weil ihr keine passende Antwort einfiel. Sie blieben eine Weile stumm nebeneinander sitzen und blickten in die

Nacht. »Jezael?«, fragte Alizar irgendwann leise. Er wandte ihr den Kopf zu und hob fragend die Augenbrauen. »Es tut mir leid, was ich zu Euch gesagt habe«, gestand sie kleinlaut. Sein Blick verdunkelte sich und er antwortete: »Mir ist es gleich, ob Ihr mich hasst, Alizar.« Sie musste schlucken und wusste nichts zu erwidern. Grimmig fuhr er fort: »Ich habe Euch im Park nicht mitgenommen, weil ich Euch nicht aus Eurem Leben reißen wollte. Euer Leben war in Tulophidel sicher komfortabler als ... das hier.« Er deutete mit steinerner Miene um sich. »Ich hatte die Hoffnung, dass der Schutzarm Euch für unwichtig hält und schnell das Interesse verliert«, fuhr er fort.

Alizar sah, wie sein Kiefer sich anspannte, und er erklärte zähneknirschend: »Hätte ich gewusst, dass sie Euch nach Athanasía bringen, hätte ich Euch sofort mitgenommen. Meine Gaben sind wirkungslos im Quartier und die beste Chance, die Ihr hattet, war, dass der Kommandant Euch gehen lässt. Hätte ich das Hauptquartier gestürmt, hätten sie uns beide sofort getötet, weil sie gedacht hätten, Ihr seid eine Verbündete.« Er blickte in die Dünen. Dann presste er zwischen den Zähnen hervor: »Ich bin Euch dankbar dafür, dass Ihr mich geheilt habt.« Alizar musste sich ein Lachen verkneifen, weil es ihn so sehr gequält hatte, diese Worte auszusprechen. Sie antwortete ruhig: »Ich vergebe Euch.« Jezael blickte sie daraufhin ungläubig an und sagte mit eiserner Miene: »Ich habe aber nicht um Vergebung gebeten.«

Alizar wurde verlegen, fing sich aber und antwortete: »Zumindest nicht mit Worten. Danke für das Zelt und die Rettung durch Karul.« Sie wartete einen Moment ab und scherzte dann: »Wenn Ihr mir jetzt noch Elly vermacht ... – ?!« Er lachte auf und Alizar wäre beinahe zerflossen, so klangvoll und ungewohnt war sein Lachen. Sie wurde ein bisschen rot. Er blickte sie im selben Moment ernst an und antwortete: »Nur über meine Leiche!« und Alizar schluckte. Sie glaubte ihm sofort.

Jezael richtete den Blick wieder auf die Dünen und räumte ein: »Ihr könnt ihn aber hier besuchen kommen, falls Ihr in Elypsa bleiben wollt.« Alizar fragte kleinlaut: »Dürfte ich denn bleiben? Wen muss ich um Erlaubnis fragen?« Ihr wurde schlagartig klar, dass sie gar keine Wahl hatte. Jezael runzelte die Stirn und gab zur Antwort: »Den Prinzen von Darilath.« Alizar ließ die Schultern hängen und fragte missmutig: »Und wo finde ich den?«

Jezael antwortete augenzwinkernd: »Er sitzt neben Euch.«

Feuerfunken

Alizar blickte erschüttert zu Jezael. Ihr wurde bewusst, was dies bedeutete. »Eure Eltern ...«, begann sie und Jezael wurde wieder ernst. »... waren König und Königin von Darilath, bevor sie hingerichtet wurden«, beendete er ihren Satz. Sie legte ihm instinktiv eine Hand auf den Unterarm, nahm sie aber schnell wieder zurück, als sein Blick darauf fiel. Sie flüsterte: »Es tut mir unendlich leid!« Er zuckte mit den Schultern. »Ihr könnt nichts dafür.« Sie konnte nichts dafür, aber es war schrecklich daran zu denken, was er durchgemacht hatte. Was sie alle durchgemacht hatten. Und dass der König *ihres* Landes dafür verantwortlich war.

Alizar blickte ihn nachdenklich an. Er war nur wenige Jahre älter als sie und trug die Verantwortung für ein Volk. Sie räusperte sich und fragte förmlich: »Prinz Jezael Al Varis von Darilath?« Er blickte sie fragend an, aber es entging ihr nicht, dass seine Mundwinkel sanft zuckten, als er gönnerhaft nickte. Sie fuhr fort: »Hiermit möchte ich Euch um Erlaubnis bitten, in Elypsa bleiben zu dürfen.« Er blickte sie an, als würde er überlegen und sagte dann schlicht: »Ihr dürft.«

»Ich habe aber noch Dutzende von Fragen!«,

gestand Alizar und Jezael nickte zögerlich. »Ich werde Euch zum jetzigen Zeitpunkt nicht alles beantworten können«, antwortete er sanft. Alizar hielt einen Moment inne, weil sich hundert Fragen auftaten, also begann sie mit einer einfachen Frage: »Wieso wart Ihr im See?«

Jezael blickte sie überrascht an und erklärte stirnrunzelnd: »König Fyod nutzt für seine Angriffe auf uns ein Gift, welches unsere Gaben unwirksam macht und uns beachtlich schwächt. Es ist in dem See. Und weil die Götter einen feinen Sinn für Humor haben, ist dort auch das Gegengift. Natürlich wird dieses bewacht von Kreaturen, die Ihr wohlmöglich nur aus Euren Albträumen kennt.« Alizar nickte. Sie hatte Recht gehabt. Es war eine Bisswunde gewesen. Sie fragte weiter: »Was wollt Ihr gegen Fyod tun?« Jezael schüttelte nach kurzem Zögern den Kopf und sagte: »Nächste Frage, bitte. Das ist nicht nur vertraulich, sondern auch noch nicht in Stein gemeißelt. Es scheitert an dem Gegengift. Ihr habt gesehen, in welchem Zustand ich war, nachdem ich im See war.«

Alizar dachte zurück und runzelte die Stirn. »Ihr seid also ... Gabenträger, sagt Ihr? Und Eure Gaben sind unter anderem, dass Ihr von einem auf den nächsten Moment an einem anderen Ort sein könnt.« Alizars Gedanken kreisten. »Und das Gift hat Euch die Gabe genommen, den Ort zu wechseln, richtig?«, mutmaßte sie. Jezael nickte.

Alizar fragte verwirrt: »Wieso haben Eure Freunde Euch in der Nacht nicht zurückgeholt, als Ihr verletzt wart?«. Widerwillig antwortete er: »Sie wussten nicht, dass ich dort war.« Alizar schaute ihn fragend an und erhoffte sich, er würde ihr eine Erklärung nachliefern. Jezael blickte aber nur in die Nacht, und so fuhr Alizar einfach mit weiteren Fragen fort, die sie sofort stellen wollte: »Was für Gaben gibt es?« Jezael wandte sich ihr wieder zu und erklärte schelmisch: »Wir hören und sehen besser. Ihr seid wie ein wütendes Kamel durch den Park gestampft.« Alizar fiel vor Verwunderung die Kinnlade hinunter. Sie hatte sich solche Mühe gegeben zu schleichen, während er sie wohl dabei genau gesehen und gehört hatte. Sie lachte lauthals auf.

Als sie sich beruhigt hatte, fuhr Jezael fort: »Und wir haben kleine hilfreiche Gaben wie Feuerfunken und das Nachtreisen, was Ihr bei mir gesehen habt und womit Karul Euch nach Elypsa gebracht hat.« Alizar wurde schwindlig bei dem Gedanken und sie schüttelte den Kopf.

»Und es gibt individuelle Gaben. Lyrias habt Ihr schon kennengelernt. Sie kann Orte sehen und zeigen. Rami kann Blitze beschwören. Karul kann lesen, ob jemand die Wahrheit spricht.« Alizar fragte neugierig: »Was ist denn Eure Gabe?« Jezael schmunzelte:

»Mein gutes Aussehen!« Alizar schüttelte lachend den Kopf. Er hatte nicht ganz Unrecht, aber das würde sie nie zugeben.

Sie nahm ihren Mut zusammen und stellte ihm die Frage, die ihr schon die ganze Zeit auf der Seele brannte: »Ihr habt gesagt, ich bin keine Gabenträgerin. Wieso kann ich heilen?« Er blickte sie an und es sah aus, als würde er überlegen. Dann sagte er endlich: »Ich weiß es nicht. Aber ich versuche es herauszufinden, wenn Ihr wollt.« Sie nickte lächelnd und musste unwillkürlich an ihren Vater denken, der sie angeschrien hatte, nie wieder diesen Unfug zu machen, ansonsten er sie vor die Tür setzen würde. Ihre Gedanken schweiften ab und sie blickte in die dunkle Wüste, dankbar darüber, dass Jezael nach Antworten suchen würde. Sie wollte sich gerade bei ihm dafür bedanken, aber er war wortlos verschwunden. Stirnrunzelnd stellte sie fest, dass er etwas liegen gelassen hatte. Neben ihr lag ein dunkelblaues Buch im Sand. Neugierig griff sie danach und strich über den Einband. Das Buch war alt und abgenutzt und mit geschwungener Schrift stand dort nur ein Wort: *Hiraeth.* So hieß der Kontinent, auf dem sie lebten. Alizar schlug das Buch auf und ein Zettel fiel ihr auf die Beine.

Vielleicht kann das einige Eurer Fragen beantworten.
J.

Neugierig betrachtete sie die erste Seite und begann gespannt zu lesen.

Die Sage von Hiraeth

Wie der Kontinent seinen Namen fand

Man erzählt sich, Hiraeth wäre ein junger Engel gewesen, der am Rande des Abendhimmels die Menschen beobachtet hatte. Die Götter hatten ihn gewarnt, nicht zu lange dort zu verweilen, aber Hiraeth hörte nicht auf sie. So kam es, dass er sich in eine Menschenfrau verliebte. Er bat die Götter darum, sie kennenlernen zu dürfen, aber diese erlaubten es ihm nicht, weil der Erdball nur für Sterbliche geschaffen war.

Erbost über diese Worte flog der junge Engel auf die Erde und nannte den Kontinent, auf dem Dahlia lebte, Hiraeth. Er wollte den Göttern trotzen und beweisen, dass er als Unsterblicher den Erdboden bewohnen konnte. Aber als Hiraeth sich Dahlia näherte, war diese vor seiner Engelsgestalt und seinen Flügeln so erschrocken, dass sie weglief und sich beinahe von den Nordklippen in den Tod stürzte.

Hiraeth flog zurück zu den Göttern und bat darum, in ein sterbliches Wesen verwandelt zu werden. Die Götter warnten ihn erneut vor den Konsequenzen. Doch Hiraeth, blind vor Liebe, wollte nichts davon hören. So schenkten die Götter ihm einen menschlichen Körper, doch seine Gaben und seine Flügel blieben. In seinem Wahn, Dahlia für sich gewinnen zu wollen, schnitt er sich seine Flügel ab. Die Götter warnten ihn ein letztes Mal, dass seine Taten, in das Gleichgewicht der Ewigkeit einzugreifen, schwere Folgen haben würde, denn Mensch und Engel durften einander nicht lieben.

Doch Hiraeth liebte Dahlia und Dahlia lernte Hiraeth lieben. Und sie lebten einige Zeit glücklich miteinander.

Irgendwann jedoch begann Dahlia sich zu verändern. Sie schimpfte auf die Götter und die Erde, sah Schatten und fühlte sich verfolgt, und Hiraeth ahnte, dass es seine Liebe sein musste, die sie wahnsinnig werden ließ. Der Engel musste sich seine Flügel nachwachsen lassen, um die Götter aufzusuchen und um Rat fragen zu können. Doch als er seine Flügel im Spiegel betrachtete, erschrak er zutiefst. Wo sonst weiße Engelsflügel geprangt hatten, waren nun graue Mottenflügel gewachsen. Hiraeth flog sofort zu den Göttern und bat um Hilfe für Dahlia, doch die Götter blieben stumm, denn sie hatten ihn gewarnt.

Als Hiraeth hoffnungslos wieder zurück zu Dahlia kehrte, fand er seine Liebste tot vor, denn sie hatte sich selbst erdolcht. Blind vor Trauer, daran Schuld zu haben, dass Dahlia nun tot war, verbrannte er das Haus, denn ohne sie war es nicht mehr sein Zuhause. Und dort, wo Dahlia gestorben war, wuchsen dunkelrote, fast schwarze Blumen, die ein jeder heute als schwarze Dahlien kennt.

Und Hiraeth verstreute die Asche Dahlias auf dem ganzen Kontinent:

> *in den dichten Wäldern*
> *im hohen Gebirge*
> *im warmen Meer*
> *in der wilden Wüste*
> *im ewigen Eis*

damit jeder Fleck des Kontinents an sie erinnern würde.

Und überall erblickten Gabenträgerkinder das Licht der Welt: Kinder, die Hiraeth und Dahlia nie haben konnten. Sie hatten menschliche Gestalt, doch die Gaben eines Engels.

Und so entstanden die Völker der Gabenträger:

der Waldfalter, in den dichten Wäldern
der Steinfalter, im hohen Gebirge
der Wasserfalter, im warmen Meer
der Nachtfalter, in der wilden Wüste
der Eisfalter, im ewigen Eis

Und es entstanden noch jene, die als Blutfalter bezeichnet wurden. Doch sie entstanden nicht allein aus der Asche Dahlias. Sie waren Gabenträger, deren törichter Wunsch, der Sterblichkeit zu trotzen, sie dazu trieb, Blut zu trinken, um göttlich zu werden. Doch sie zahlten einen hohen Preis.

Und wie es der Fluch Hiraeths wollte, verliebten sich Gabenträger und Menschen. Immer verloren die Menschen darüber den Verstand. Die Menschen machten Hiraeth und die Gabenträger dafür verantwortlich, dass Magie und Schande über die Menschen gekommen waren. Liebe, die Menschen in den Tod stürzte, konnte nur schandhaft sein, und so entstand ein Krieg zwischen den Völkern der Gabenträger und den Völkern der Menschen.

So bekam der Name Hiraeth seine wahrhaftige Bedeutung: Sehnsucht, Nostalgie und Heimweh nach einem Ort, der nicht mehr existierte.

Und die Götter blieben stumm.

Alizar legte das Buch beiseite und starrte in die Nacht. Ihre Gedanken überschlugen sich. Wie viel Wahrheit steckte in der Sage? Sie wagte kaum, darüber nachzudenken. Doch die letzten Tage hatten ihr bereits bewiesen, dass es fernab der Menschen mehr gab, als sie sich hatte vorstellen können. Auch ihre Gabe hatte ihr immer aufgezeigt, dass es Wunder gab, die nicht jedem zuteil wurden. Also gab es da draußen noch mehr, das ihre Vorstellungskraft überstieg.

Vorübergehend

Den nächsten Tag verbrachte Alizar damit, Elypsa besser kennenzulernen. Jetzt, wo sie wohl kein Gast mehr war, ging sie alleine durch die Zeltreihen, schaute sich um und begann, sich das Dorf einzuprägen. Sie stellte sich einigen Gabenträgern vor und versuchte, sich die wichtigsten Orte zu merken. Sie war beeindruckt davon, wie alles organisiert und aufgebaut war. Die Gabenträger steckten so viel Liebe in dieses Dorf. Und auch wenn alles nach *vorübergehend* ausschaute, war es ein liebevoll aufgebautes *Vorübergehend*, das sie rührte. Die ihr vertraut gewordenen Gabenträger hatten ihr erzählt, dass sie natürlich in der Angst lebten, wieder gefunden zu werden. Dies war aber kein Grund, keinen Wert auf Heimatgefühl zu legen. Sie wollten sich *zu Hause* fühlen und dieser Ort war zweifellos das schönste vorübergehende Zuhause, das Alizar sich vorstellen konnte.

Rami hatte das Zelt der Heilkunde erwähnt. Alizar wollte sich dort vorstellen und traf auf einen Gabenträger, der in ihrem Alter sein musste. Er stellte sich als Adrik vor, Alizar fand ihn sehr nett. Er hatte braune Locken und ein verschmitztes Lächeln und freute sich, dass sie ihre Hilfe anbot. Als Alizar fragte, wie viele Darilen mit Heilfähigkeiten es gab, erlosch sein Lächeln. »Keine mehr.« Alizar hatte verlegen gefragt: »Außer dir?« Er schüttelte den Kopf und erklärte ihr, dass er nur eingesprungen sei, weil alle Heilenden tot seien. »Ich kann Pflaster kleben, das war es dann auch schon«, erklärte er ihr betreten, woraufhin Alizar ihm von ihrem Beruf und ihrer Fähigkeit erzählte. Adrik fielen fast die Augen aus dem Kopf.

Innerhalb eines halben Tages hatte sich die Neuigkeit, einen Menschen mit Heilfähigkeiten in Elypsa zu haben, herumgesprochen, und der Großteil des Volkes war ihr nun freundlicher gesinnt. Dennoch gab es immer noch einige, die sie misstrauisch beäugten. Alizar konnte ihnen keinen Vorwurf machen. Ihr Land und ihr König hatten ihnen viel Leid angetan, Leid, das Alizar noch nicht vollends überblickt und verstanden hatte.

Es waren wenige Tage vergangen, seit sie in Elypsa angekommen war. Sie hatte die meiste Zeit mit Karul, Lyria und Rami verbracht, die alle ihre Fragen geduldig beantworteten und ihr das Gefühl gaben, dazuzugehören. Auch brachten sie ihr ein wenig *Darîl* bei, die Sprache Darilaths.

Alizar ging eines Nacht auch zu Elly und hoffte, dass Jezael sich ihr anschließen würde, doch er kam nicht. Sie wollte ihm für das Buch danken, das wahrlich die eine oder andere Frage beantwortet, aber auch einige neue aufgeworfen hatte. Sie sah ihn immer nur kurz, wenn der Rat Elypsas am Plan arbeitete, wie sie an das Gegenmittel im See gelangen konnten, doch zu diesen abendlichen Versammlungen wurde Alizar nicht eingeladen. Stattdessen half sie, das Festzelt für die Mittjahresfeier zu schmücken, oder half im Zelt der Heilkunde aus.

Die Versammlung bestand aus einigen Gabenträgern und Gabenträgerinnen jeden Alters, darunter die Ratsmitglieder Lyria, Rami und Karul. Der Rat unterstützte und beriet Jezael bei wichtigen Angelegenheiten. Alizar wollte nicht fragen, ob sie teilhaben konnte, denn ihr war bewusst, dass sie wenig beisteuern konnte außer jemanden zu heilen, der im See verletzt worden war. Ihr war auch bewusst, dass sie außer vom engsten Kreis noch kein Vertrauen gewonnen hatte und deshalb nicht an der Versammlung teilhaben durfte. Aber auch das wunderte sie nicht sonderlich. Die Gabenträger hatten ihr nur mitgeteilt, dass sie beschlossen hatten, morgen Nacht zum See zu reisen, aber Alizar in Elypsa zurückbleiben und warten würde. Und heute, am Mittjahresfest, würden sie alle noch einmal das Leben feiern. Die Sonne war untergegangen, Lyria und Alizar waren in Alizars Zelt verschwunden und bereiteten sich für den Abend vor. Draußen war das Fest schon im Gange. Man hörte fröhliche Musik und noch fröhlichere Stimmen.

Lyria hatte sich für ein langes grünes Kleid entschieden und Alizar für ein rotes. Seit Ewigkeiten trug sie die Haare offen und war selbst erstaunt, als sie in den Spiegel blickte, denn es war lange her, dass sie sich selbst lächeln gesehen hatte. Voller Vorfreude blickte sie zu Lyria. Alizar hatte seit Ewigkeiten kein Fest mehr besucht und war sehr aufgeregt. Außerdem fühlte sie sich dankbar, dass Lyria so viel Zeit mit ihr verbrachte und sie behandelte, als wäre sie ihre Freundin. Alizar schluckte bei dem Gedanken. Sie hatte die junge Gabenträgerin in ihr Herz geschlossen.

Die beiden Frauen machten sich auf den Weg zur Feier und Alizar war gespannt, wie der Festplatz bei Nacht aussehen würde. Als sie endlich ankamen, konnte sie von weitem die vielen Lagerfeuer und Kissen sehen, die im Sand lagen. Fackeln und brennende Holzscheite erhellten den Festplatz und die kleinen Falter tanzten wieder durch die Nacht. »Lyria?«, fragte Alizar. »Was hat es mit den Nachtfaltern auf sich?« Lyria lächelte und antwortete: »Sie sind da, wo wir sind.« Als Alizar sie nur verwirrt anblickte, lief Lyria lachend weiter.

Sie waren nun fast am Festzelt angekommen. Einige Gabenträger und Gabenträgerinnen tanzten, andere tranken am Lagerfeuer Wein oder aßen vom Buffet, das köstlich duftete. Alizar entdeckte Karul und Rami, die an einer Feuerstelle auf sie zu warten schienen.

Als Karul sie erblickte, pfiff er durch die Zähne. »Alizar, das gefällt mir fast besser als dein Nachthemd!«, neckte er sie. Lachend machte sie einen Knicks und setzte sich neben ihn. Kurz darauf gesellten sich auch noch andere Gabenträger zu ihnen. Alizar blickte sich immer mal wieder um und hoffte, Jezael zu sehen. Das erstaunlich unangenehme Gefühl beschlich sie, er würde ihr aus dem Weg gehen. Rami schien ihren suchenden Blick zu bemerken und flüsterte ihr zu: »Solche Feste meidet unser Brummprinz.« Alizar beschloss abrupt, dass es Zeit war zu tanzen.

Ridaya

Die Gabenträger und Gabenträgerinnen an den Instrumenten begannen ein rhythmisches Lied zu spielen und Alizar konnte nicht anders, als sich zu bewegen. Ihr war klar, dass viele Augen auf sie gerichtet waren, da die Neuigkeiten ihrer Heilfähigkeit sie noch mehr in den Vordergrund gerückt hatten als die Tatsache, ein Mensch zu sein, aber es war ihr gleichgültig. Der Wein tat sein Übriges und Alizar musste kichern, als auch Rami, Karul und Lyria auf sie zugetanzt kamen. Lyria gab Alizar einen beschwipsten Kuss und rief über die Musik hinweg Karul und Rami zu: »Alizar gehört ab heute zur *Ridaya*!« Karul brüllte zurück: »Einverstanden!« Rami fing Alizars verwirrten Blick auf und erklärte ihr tanzend: »Als *Ridaya* bezeichnen wir unseren engsten Kreis!« Alizar strahlte Lyria gerührt an und konnte nur ein »Danke« hauchen.

Dann wurde die Musik plötzlich lauter und Alizar war dankbar darum. Sie lachten und tanzten miteinander, als gäbe es kein Morgen. Alizar hätte alles gegeben, um diesen Moment anhalten zu können. Sie war glücklich und unbeschwert wie lange nicht mehr. Und betrunken. Sie setzte sich bald auf eines der Kissen und lauschte der langsamer werdenden Musik und beobachtete lächelnd Rami und Karul, die eng umschlungen tanzten. Daneben stand Lyria, die mit geschlossenen Augen und den Händen gen Himmel für sich tanzte, und Alizar musste bei dem Anblick lächeln.

»Alizar«, sprach sie jemand plötzlich freundlich an und nahm neben ihr Platz. Sie lächelte. »*Salí* Adrik!«, grüßte sie ihn stolz. Er lachte und antwortete ehrfürchtig: »Du lernst ja schnell.« In diesem Moment bemerkte Alizar, dass Jezael wenige Meter entfernt an einem Tisch lehnte und gelangweilt durch die Gegend schaute. Er fing ihren Blick auf und sie hätte schwören können, dass ein Lächeln sich auf sein Gesicht gestohlen hatte. »Du siehst heute wirklich schön aus!«, sagte plötzlich Adrik neben ihr. Alizar blickte ihn verlegen an und murmelte einen Dank. Als sie wieder zu Jezael blickte, sah sie, wie dieser nicht mehr lächelte. Im nächsten Moment sprachen ihn aber zwei Gabenträgerinnen an und er würdigte Alizar keines Blickes mehr. Lyria kam in dem Moment auf sie zugestolpert und verkündete, dass sie gleich wieder da sei, sie wolle nur schnell ihre liebste Limonade in Cicefa holen. Bevor Alizar etwas sagen konnte, war Lyria auch schon weg. Alizar stutzte. Sie hatte mitbekommen, dass die Gabenträger gelegentlich für Besorgungen nach Martagon reisten, doch für gewöhnlich taten sie dies nur in kleinen Gruppen.

Es war gefährlich und Alizar vermutete, der Wein habe Lyria leichtsinnig gemacht. Sie wollte jedoch nicht unbegründet für Aufregung sorgen oder ihre Freundin verraten, also wartete sie ab.

Angespannt schaute Alizar den Tanzenden zu und unterhielt sich halbherzig mit Adrik, doch nach ein paar Minuten begann sie unruhig zu werden. Lyria war schon zu lange weg. Sie ging auf Karul und Rami zu, weil Jezael noch immer in amüsierte Gespräche vertieft schien, und teilte ihnen mit, dass sie sich sorge.. Rami war im selben Moment weg, als Alizar ihren Satz zu Ende gesprochen hatte.

Keine zehn Herzschläge später war er wieder da und hielt Lyria auf dem Arm. Alizar begriff zuerst nicht, was los war. Erst als sie sah, wie viel Blut auf Lyrias Kleid war, sprang sie auf und rannte auf sie zu. Die Musik hatte unvermittelt aufgehört zu spielen, die Gabenträger machten Platz und Karul rief ihr panisch zu: »Du kannst das heilen, nicht?« Alizar blickte schockiert auf Lyrias Brust, in der ein Messer mit dem Wappen des Königs steckte. Sie wagte sich nicht zu bewegen.

Plötzlich war Jezael neben ihr, der eine Hand um das Messer legte und sie fragend anschaute. Alizar nickte inständig und hielt ihre Hände bereit. Jezael zog mit einem Ruck das Messer aus Lyrias Brust und das Blut sickerte nur so aus dem tiefen Loch.

Alizar versuchte sofort, Lyria zu heilen. Aber das Loch in Lyrias Brust verschloss sich nicht. Alizar verfiel in Panik. »Es heilt einfach nicht!«, rief sie und begann wieder von vorne, in heilenden Bewegungen über Lyrias Oberkörper zu streichen. Sie schloss die Augen und spürte wieder nach der Wunde. Schwarze Fäden verzehrten sich nach Lyria. Die Götter streckten bereits die Hände nach ihr aus. Alizar probierte erneut, die Wunde zu verschließen, sie spürte ihre Kraft, doch die Wunde blieb und das Blut lief nur weiter. Alizar fing verzweifelt an zu weinen. Neben ihr hörte sie Karul panisch schreien. Sie versuchte es wieder und wieder, aber es war aussichtslos. Sie schüttelte laut schluchzend den Kopf. Sie konnte sie nicht heilen.

Lyria starb.

Abschied

Das Lied begann einstimmig, in einem tiefen Moll. Quälend langsam verschluckte die Wüste die tiefen Töne, die einen Rhythmus vorgaben, wie ein Herz, das müde und schwach seine letzten Pulse erlebte. Nach einigen Augenblicken stimmten weitere Darilen ein, die sich der Melodie leise und mehrstimmig anschlossen, bis alle Stimmen das Trauerlied gen Horizont sangen.

Es war Nacht, der Himmel klar und es war so eisig kalt in der Wüste Dariläths, dass Alizar einen gefütterten Mantel tragen musste. Trotzdem zitterte sie, doch sie vermochte nicht zu sagen, ob es an der Kälte lag. Sie stand am äußeren Rand des Halbkreises derer, die Lyria nahegestanden hatten. Sie wusste nicht, ob sie sich schämen oder geehrt fühlen sollte, hier zu sein. Bei dieser Zeremonie, an diesem Platz. Die Personen um sie herum hatten Lyria Jahre und Jahrzehnte gekannt. Sie blickte in die Gesichter, die einen weiteren geliebten Menschen verloren hatten, und obgleich auch sie Schmerzen gewohnt war und hohe Mauern um ihr Herz erbaut hatte, hatte dieser Verlust sie schwer getroffen. *Ich konnte sie nicht heilen.*
Tränen liefen Alizar stumm über die Wangen.

Neben ihr standen Rami und Karul, die sich gegenseitig mit geröteten Augen stützten. Alizar konnte auch Jezael sehen, der mit müder Miene und hängenden Schultern zu Lyrias leblosem Körper blickte. Lyria lag eingehüllt in einer langen Tunika auf einem Holzbrett, um sie herum waren Fackeln in den Sand gesteckt.

Nachdem Lyria ihre letzten schweren Atemzüge getan hatte, war Alizar in ihrem Zelt verschwunden und hatte sich schluchzend im Bett verkrochen. Sie hatte sich so schuldig gefühlt, als hätte sie selbst Lyria den Dolch ins Herz gerammt. Sie hatte so lange gezögert, den anderen über Lyrias Abwesenheit Bescheid zu geben, und dann hatte sie sie auch nicht heilen können. Dabei war das doch das Einzige, was sie gekonnt hatte. Das Einzige, was sie Gutes tun und beitragen konnte. Und sie hatte versagt.

Der Gedanke daran, die quälende Hilflosigkeit, ihre neugewonnene Freundin verloren und Mitschuld daran zu tragen, bohrte sich wie ein giftiger Pfahl in ihr Herz. Nun begann auch eine glasklare, hohe Stimme zu singen. Alizar verstand nicht alle Worte, aber das musste sie auch nicht. Die Darila sang von Abschied und Wiedersehen und ihre klare Stimme verflocht sich anklagend mit der Melodie des Trauerliedes in der Dunkelheit der Wüste.

Ash ram, ash ram, fedoul misha,

Amalb misha wjeni,
il Sulhak ralaso il June,
bes int halaf Mafi.
Megul, min ê min Feral,
id ralod fara don,
har luz derai rin Musal,
ê Onalas mish remon.

An relas hon ê tirip salaz,
Ê mishá kamara rayan,
int hon a koula oril fadaz,
Musal, elar marôn.
Musal, elar marôn.

Zu früh, zu früh, vergiss mein nicht,
meine Liebe weiß nicht wohin,
die Trauer um dich nimmt mir die Sicht,
ohne dich fehlt mir der Sinn.

Sag, hörst du mich und meinen Schmerz?
Mich ganz und gar verzehrend,
übrig bleibt nur mein trübes Herz,
und Erinnerungen, die nicht währen.

So steh ich hier und Tränen fließen,
und will nicht wieder gehen,
bist du bei allen, die uns verließen?
Mein Herz, auf Wiedersehen.
Mein Herz, auf Wiedersehen.

Als die Stimmen verstummt waren, trat Jezael an Lyrias Totenbett. Er nahm eine Fackel, drehte sich noch einmal zu allen Gabenträgern um und verkündete mit heiserer und doch fester Stimme: »Elar Marôn, Lyria Sarival!« Dann zog er Lyria vorsichtig die Kapuze der Tunika über das Gesicht und hielt die Fackel an das Holz, bis die Flammen übergriffen. Es dauerte nur wenige Augenblicke, bis die Holzplatte und Lyrias toter Körper brannten.

Alizar hörte aus allen Richtungen leise Stimmen zum Abschied murmeln und weinen. Dann begannen die Gabenträger das Trauerlied erneut zu singen, und diesmal sangen sie alle gemeinsam. Karul und Rami hatten nun Jezael in ihre Mitte genommen. Alizar war beeindruckt, dass er, der Prinz, hier stand und weinte. Sie kam aus einer Welt, in der Tränen Schwäche bedeuteten.

Lange Zeit verweilten sie so und blickten in die Flammen, bis nur noch Glut übriggeblieben war. Dann trat Jezael wieder vor und alle anderen machten einen Schritt zurück. Alizar tat es ihnen unbeholfen gleich, obwohl sie erwartet hatte, dass man nun umkehren werde. Jezael hob seine Hände auf Bauchhöhe und spinnte leicht mit seinen Fingern, als würde er in die Luft schreiben.

Aus der Glut ihrer Freundin erhob sich nun lodernder Sand, der wuchs und wuchs, bis Alizar mit großen Augen in einen glühenden Sandsturm blickte, der nur der Kontrolle Jezaels folgte. Sie musste den Blick abwenden, so hell war der Feuersturm. Er bewegte sich langsam an Ort und Stelle wie Rauch in einem Glas, und die hellen Flammen hoben sich vor dem Dunkel der Wüste ab.

Alizars Wangen begangen zu glühen, so heiß war die Flammenbrut vor ihr. Im nächsten Moment ließ Jezael die Hände sinken und der Naturgewalt ihren freien Lauf. Der brennende Sandsturm setzte sich in Bewegung und wallte schnell und kraftvoll von ihnen weg. Alizar wurde von dem Rückprall fast umgeworfen und blickte noch lange den letzten Resten ihrer Freundin nach, die nun in der Wüste glühend ihren letzten Frieden fand.

Trost

Nach und nach fanden sich verschiedene Gabenträger im Hafen ein. Manche kamen, um ihre Anteilnahme auszusprechen, andere wollten über Lyria reden und sie betrauern. Alizar saß auf einem Hocker am Rand und verstand die Szenerie nicht einzuordnen. Sie kannte Trauerfeiern, aber sie war nicht gewohnt, wie offen die Darilen mit ihren Emotionen umgingen und einige so kurz nach Lyrias Tod Erinnerungen austauschten.

»Erinnert ihr euch daran, wie Lyria in ihrer Jugend beschlossen hatte, nur noch blau zu tragen als Rebellion gegen die martagischen Geschlechterfarben?«, fragte ein Mann lachend, der auf der Ecke der Plattform im Hafen Platz genommen hatte. Er musste ein entfernter Verwandter sein. Karul prustete augenblicklich los und rief dann amüsiert: »Dabei gab es sowas bei uns doch nie. Sie hatte Menschen beobachtet und sich erhofft, ihre Eltern schockieren zu können.« Jetzt grinste auch Jezael, der auf einem Stuhl nah bei der Zeltwand saß und hinzufügte: »Ich erinnere mich an den ratlosen Blick ihres Vaters, hin- und hergerissen zwischen Verwirrung und Vergnügen.«

Nun mimte Karul die Stimme eines kauzigen Mannes: »Nun, Lyriafat, dein Enthusiasmus ist ein

Segen der Götter!« Alle lachten los und Alizar blieb der Mund offenstehen. *Lyriafat?* Sie hatte nicht einmal Lyrias Kosenamen gekannt? »Jetzt sind sie wieder vereint«, flüsterte Karul, als alle verstummt waren, und Rami legte ihm eine Hand auf den Rücken.

Alizars Schläfen pulsierten. Abrupt stand sie auf und verließ das Zelt. *Was mache ich hier?* Sie stampfte durch den Sand in ihr Zelt. Sie gehörte nicht hierhin. Sie hatte keine Freundin verloren. Sie war eine Bekannte und hatte kein Recht darauf, mit den Personen dort zu sitzen und in Erinnerungen zu schwelgen. Da waren ja nur eine Handvoll Momente, die sie mit Lyria teilte. Was hatte sie sich eingebildet? Dass sie verdient hatte zu trauern? *Ich bin immerzu eine Närrin.*

Sie war gerade in ihrem Zelt angekommen, da hörte sie hinter sich Schritte. »Könnt ihr mich nicht einmal alleine lassen?!« stöhnte Alizar, ohne sich umzudrehen. »Ungern«, gab Jezael trocken zurück und Alizar drehte sich erschrocken um. Sie hatte Rami und Karul erwartet, die ihr wie Schatten gefolgt waren in den letzten Stunden und immer wieder angeboten hatten, dass sie jederzeit mit ihnen reden konnte. Doch Alizar hatte immerzu nur den Kopf geschüttelt. Jetzt stand Jezael im Zelteingang, zeigte mit einer Hand hinein und fragte: »Darf ich?«

Alizar nickte und ließ sich unbehaglich auf ihr kleines Sofa fallen. Jezael ließ den Blick durch ihr Zelt schweifen. Er war seit ihrer Ankunft in Elypsa nicht mehr dort gewesen. Alizar hatte das große Bücherregal vor ihr Bett gestellt, sodass das Bett verdeckt blieb, sonst hatte sie alles gelassen, wie er es eingerichtet hatte. Sein Blick blieb bei der Pflanze in der Ecke des Zeltes hängen und er hob überrascht die Augenbrauen. Alizar folgte seinem Blick und erstarrte. Die Pflanze hatte schon einmal bessere Zeiten erlebt. Die Blüten der Wüstenrose waren orange geworden und hingen verwelkt nach unten, die Blätter sammelten sich auf dem Boden daneben. Auf Jezaels Gesicht zeigte sich ein ungläubiges Grinsen und er fragte: »Wie habt Ihr das denn geschafft?« Alizar stand die Verlegenheit ins Gesicht geschrieben und sie begann eine unverständliche Erklärung zu stammeln. Immerhin hatte er ihr die Pflanze gemeinsam mit dem Zelt vermacht.

»Eine Wüstenpflanze kaputt zu kriegen, ist wahrlich eine Leistung!«, grinste Jezael nur noch schelmischer. Alizar sagte einen Moment nichts. Dann musste auch sie schmunzeln. Er hatte Recht. Diese Pflanzen konnten jahrelang die schlechtesten Bedingungen ertragen, aber die Wüstenrose hatte in Alizars Zelt keinen Vollmond überlebt. Sie schaute zu Jezael, der keine Spur verärgert wirkte, dass sein Geschenk ... verwelkt war, und ihre Brust fühlte sich mit einem Mal wieder schwer an.

Sie hielt es nicht aus, wie gut und mitfühlend alle zu ihr waren, obwohl sie sie kaum kannten. Jezaels Grinsen wurde zu einem sanften Lächeln, als er den gequälten Ausdruck auf ihrem Gesicht sah. »Alizar ...« begann er und hielt dann nachdenklich inne. Alizar blickte ihn mit steigendem Zorn an. Sie wusste selbst nicht, warum ihre Emotionen so schnell wechselten und wuchsen. Vielleicht waren es die traurigen Umstände, vielleicht war es einfacher, wütend zu sein, dass sie wie ein rohes Ei behandelt wurde. Es fühlte sich ungewohnt an, dass jemand sich um sie sorgte, und Alizar wusste nicht damit umzugehen, also war der naheliegendste Weg für sie, dagegen anzukämpfen.

Jezael kam auf sie zu und setzte sich auf den Hocker neben ihrem Sofa. Seine Beine waren zu lang für den tiefen Hocker, aber es schien ihn nicht zu stören. Alizar bekam schwitzige Hände und die Wut wich Nervosität. Sie waren seit der Nacht am großen Stein nicht mehr allein gewesen und trotz aller Umstände machte seine Nähe sie unbeholfen. Jezael blickte sie ernst an, als er mit sanfter Stimme fortfuhr: »Alizar, auch Ihr habt eine Freundin verloren. Ihr dürft trauern. Ihr sollt trauern. Liebe wird nicht an Zeit gemessen, sondern daran, wie wahrhaftig sie ist.«

Alizar sog die Luft ein. Darauf war sie nicht vorbereitet gewesen. Nicht nur, dass er offensichtlich wusste, was in ihr vorging, er hatte auch keine Scheu, es anzusprechen. Sofort stiegen ihr Tränen in die Augen, gegen die sie vergeblich versuchte anzublinzeln. Ihr Gesicht begann zu glühen, und sie war sich sicher, dass sie jeden Moment losschluchzen würde. Er hatte genau gewusst, weshalb sie die Flucht ergriffen hatte, und mit jedem seiner Worte bekam ihre mühsam errichtete Mauer Risse.

»Lyria hat Euch sehr gemocht und Euch trifft keine Schuld«, sprach er weiter und legte zaghaft eine Hand auf ihren Arm, wie sie es einmal bei ihm gemacht hatte. Alizar entging nicht, dass er die Stirn in Falten legte, als er seine Geste nicht zurückzog. »Lasst Euch von niemandem etwas anderes einreden, vor allem nicht von den heimtückischen Stimmen der Selbstzweifel«, fuhr er fort. Kleine Fältchen bildeten sich um seine braunen Augen, während er ihr ein verständnisvolles Lächeln schenkte. Im nächsten Moment räusperte er sich und nahm seine Hand von Alizars Arm.

Ist es nicht irrsinnig, dass er mir gut zureden muss?

«Euch ist so viel Leid widerfahren», flüsterte Alizar mit sorgenvollem Blick. Sie konnte nicht verstehen, wie die Gabenträger so viel Kummer ertragen konnten. Sie wurden verfolgt und gejagt, vertrieben und ermordet. Ihre langjährige Freundin war auf schrecklichste Weise vor ihren Augen gestorben und sie saßen kurz darauf beisammen und lachten und schwelgten in Erinnerungen. Alizar schüttelte kaum merklich den Kopf bei dem Gedanken an die bizarre Situation. Sie fragte sich unwillkürlich, ob das Volk der Gabenträger sich daran gewöhnt hatte, Elend und Unrecht zu erfahren.

Jezael antwortete mit heiserer Stimme: »Wir haben viele Verluste ertragen müssen«, hielt aber dann inne. Alizar hob den Kopf. Er schloss die Augen und atmete tief durch, doch es war nicht zu übersehen, dass die Erinnerung an viele Abschiede sich auf seinem schönen Gesicht abzeichnete. Es wirkte gequält und müde. Alizar wagte nicht zu sprechen, denn sie verstand nur zu gut, wie es war, von schmerzhaften Erinnerungen heimgesucht zu werden. Als Jezael wieder die Augen öffnete, blickte er sie entschlossen an. »Wenn man durch die Hölle geht, hält man nicht an, nicht wahr? Wir sind mehr als das, was uns widerfahren ist, und werden nicht aufgeben.«

Alizar erwiderte seinen Blick mit einem schüchternen Lächeln. Er ahnte nicht, wie tief sich diese Worte in ihrem Gedächtnis verankerten. Sie wollte auch mehr sein als das, was ihr widerfahren war. «Aber wie schafft ihr das?», wollte Alizar wissen. «Wie wir es schaffen, nicht aufzugeben?», erwiderte er mit einem schiefen Lächeln. Als Alizar zögerlich nickte, blickte Jezael sie einen Moment lang nachdenklich an. Dann machte sich Zuversicht auf seinem Gesicht breit und er antwortete: »Nicht im Alleingang, Alizar.»

Dann stand er auf, ging zum Zelteingang und sagte noch, ohne sich umzudrehen: »Ich halte Rami und Karul davon ab, Euch aus Eurem Zelt zu schleifen. Kommt, wenn Ihr dazu bereit seid.« Dann war er durch den Eingang verschwunden und ließ Alizar zurück, die sich fühlte wie ein launischer Teenager.

Sie lag Ewigkeiten in ihrem Bett. Sie wollte noch nicht zu den anderen stoßen. Erst musste sie schlafen. Jezaels Worte gingen ihr jedoch unentwegt durch den Kopf. Er hatte Recht gehabt. Lyria hatte sie gemocht. Das hatte sie ihr jeden Tag zu verstehen gegeben. Die Erkenntnis förderte die Erinnerung an Lyrias lachendes Gesicht hervor und der Schmerz kam in einer großen Welle angerollt. Alizar war zu müde, um dagegen anzukämpfen, also ließ sie es zu und fing an zu schluchzen.

Sie weinte um die Ungerechtigkeit, die Lyria erfahren hatte. Niemand sollte so jung sterben müssen. Ihr gingen die Bilder von Lyrias bleichem Gesicht nicht aus dem Kopf, und schon bald wurde aus gehemmten Schluchzern ein klägliches Weinen, das ihren ganzen Körper schüttelte. Sie drückte sich in ihr Kissen und wollte nur, dass das Gefühl wegging. Wie ungewohnt es war, Gefühle zuzulassen. War sie doch so geübt darin, alles ungefühlt tief in sich zu begraben. Den Tod ihrer Mutter, den Tod ihres Vaters. Das armselige Leben, das sie geführt hatte.

Plötzlich hörte Alizar ein leises Keckern. Sie schreckte hoch und blickte sich im Zelt um. »Elly? Bist du das?«, rief sie ungläubig. Im nächsten Augenblick sprang der kleine Wüstenfuchs auf ihr Bett und Alizar legte lächelnd den Kopf an den kleinen Körper des Tieres. Sie atmete tief durch und schloss erlöst die Augen. Der kleine Fuchs schien immer zu wissen, wann Alizar Trost brauchte und annehmen konnte. Elly rollte sich dicht an Alizars Oberkörper zusammen und ließ sich hinter den Ohren kraulen, bis seine Augen nur noch entspannte Schlitze waren. Die Wärme, die der kleine Fuchs ausstrahlte, schien auch Alizars Gemüt zu wärmen. »Danke, dass du mich nicht allein lässt«, flüsterte sie Elly zu und stutzte im selben Augenblick. *Nicht allein. Nicht im Alleingang.* Hatte Jezael ihr Elly geschickt? Alizar hielt inne. Das konnte nicht sein. Sie dachte zurück und schloss stöhnend die Augen. Es musste so sein. Er hatte ihr Elly geschickt. Und es war nicht das erste Mal.

Nayir

Am nächsten Tag stand Alizar früh auf. Sie hatte kaum Schlaf gefunden und so fühlte sie sich auch. Sie zog sich eine weite Hose und Bluse an, band sich ihre Haare zusammen und verließ ihr Zelt. Elypsa war, wie zu jedem Tagesanbruch, ruhig. Alizar hatte in der Nacht einen Entschluss gefasst: Sie würde sich nicht verkriechen. Mit zusammengekniffenen Augen suchte sie den Weg, den sie nehmen musste.

Sie ging durch die Zeltreihen, bis sie gefunden hatte, was sie gesucht hatte: das Essenszelt. Zwar hatte sie im Zelt der Heilkunde eine Beschäftigung gefunden, doch es ergab keinen Sinn, dort Trübsal zu blasen. Es kam ohnehin selten jemand vorbei und seit der Mittjahresfeier war es ihr ein Bedürfnis, Adrik zu meiden. Also hatte sie sich vorgenommen, bei der Essenszubereitung zu helfen. Sie nahm noch einmal tief Luft, bevor sie das Vorzelt betrat.Vor ihr standen eine breite Küchenzeile mit großen Töpfen und ein langer Tisch, auf dem Unmengen von Gemüse lagen.

Eine junge Gabenträgerin stand hinter dem Tisch und blickte sie entgeistert an. Sie hatte kurze rote Haare und Sommersprossen und war klein und drahtig, Alizar glaubte, dass ihr Name Elani war. Alizar hatte ihren Blick oft gespürt, sie war eine derer, die an den Versammlungen teilnahmen und oft im schnellen Schritt wild gestikulierend mit Jezael von einem Zelt zum anderen liefen. »Salí!«, grüßte Alizar sie mit einem hoffnungsvollen Lächeln und die Gabenträgerin verdrehte genervt die Augen. »Lass das. Was willst du?«, fragte sie schroff und Alizar bemerkte, dass ihr Akzent deutlich stärker war als der der anderen. Alizar blickte sie fassungslos an und stammelte: »Ich will ... Ich will helfen, das Essen vorzubereiten.« Elani wandte sich wieder dem Gemüse zu, das sie mit einem langen, scharfen Messer blitzschnell kleinhackte. Alizar schluckte.

»Wir brauchen deine Hilfe nicht«, antwortete Elani und Alizar runzelte die Stirn. »Ich weiß, dass ihr sie nicht braucht, aber ich möchte etwas tun. Ich brauche es, etwas zu tun!«, gestand Alizar und klang zunehmend aufgebrachter. Elani ließ das Messer geräuschvoll auf das Brett knallen und fixierte sie nun feindselig. »Du brauchst es, etwas zu tun? Du hättest gestern etwas tun können, du Heilkundige«, rief sie zornig.

Ihre Selbstzweifel und Vorwürfe waren also nicht unbegründet gewesen. Nicht nur Alizar dachte, dass sie versagt hatte. Sie atmete tief durch. »Du kannst dir nicht vorstellen, wie sehr ich mir wünsche, dass ich Lyria hätte heilen können«, antwortete Alizar und bemühte sich, den Kloß in ihrem Hals zu unterdrücken.

Elani entgegnete ihr forsch: »Du scheinst einige mit deinen Tränen überzeugt zu haben, mich aber nicht. Du gehörst nicht hierher. Und wer weiß, vielleicht hast ja sogar du Lyria verraten.« Die Gabenträgerin funkelte Alizar bitterböse an. »Du spinnst ja vollkommen!«, entfuhr es Alizar.

Sie wollte sich gerade umdrehen und das Zelt verlassen, da spürte sie ein bekanntes Gefühl an ihrem Hals. Ein Messer. Elani war innerhalb des Bruchteils einer Sekunde zu ihr gelangt und zischte nun: »Sag das nochmals!« In Alizar brütete eine altbekannte Wut, die sie zu übermannen schien. Elani warf ihr vor, Lyria verraten zu haben. Offensichtlich schienen also die Darilen, die sie misstrauisch beäugten, so zu denken. Als wäre sie in Elypsa, um sie zu verraten, obwohl sie es sich nicht einmal ausgesucht hatte, hier zu sein. »Ich sagte, du spinnst und meinte es auch so!«, gab Alizar zornig zwischen zusammengebissenen Zähnen zurück. Im nächsten Augenblick ließ Elani das Messer fallen und Alizar wagte kaum zu atmen. Sie blickte an sich hinunter. Kein Blut. Kein Schmerz. Verwirrt blickte sie sich um.

»Ganz schlechter Einfall!«, knurrte eine Stimme hinter ihr und sie wandte den Blick. Nun sah sie auch, wie Elani verblüfft das Messer auf dem Boden anstarrte und dann einen Schritt zur Seite trat. Nicht Elani hatte das Messer von ihrem Hals entfernt, sondern

Jezael, wie auch immer er das auf diese Distanz geschafft haben mochte. Er trat in den Zelteingang und zischte: »Was ist hier los?« Er trug nur eine Hose und hatte nasse Haare. Offensichtlich war er baden gewesen und es wirkte, als wäre er dabei gestört worden. Alizar blickte verstohlen auf seinen Oberkörper und ihr Blick blieb bei der Narbe hängen, die sich auf seiner dunklen Haut abhob.

Elani zuckte unbeeindruckt die Schultern und antwortete ihm auf *Darîl*, was Alizar nur noch wütender machte, denn sie verstand nicht, was Elani sagte und konnte sich nicht einmal verteidigen. Jezael trat einen Schritt näher und wirkte so angsteinflößend wie in jener Nacht im Park, als er mit kalter Stimme antwortete: »Du bist von den Versammlungen wie auch von deinem Amt mit sofortiger Wirkung ausgeschlossen. Du wirst hier die Stellung halten, wenn wir zum See reisen. Alizar ist kein Gast und das weißt du. Die einzige Heilerin, die die Bisse der Wasserwesen heilen kann, zu töten, ist schlichtweg Verrat an unserem Vorhaben.«

Elani fiel alles aus dem Gesicht und auch Alizar blickte Jezael erstaunt an. Eine Zornesfalte hatte sich wieder auf seiner Stirn gebildet. Ohne nachzudenken sagte Alizar stotternd: »Sie hat ... Sie hat nicht versucht mich zu töten. Ich ...«

Jezaels Kopf schnellte zu ihr und er unterbrach sie

in einem Ton, der keinen Zweifel zuließ: »Sie hätte dich getötet.« Sein Blick fiel auf Alizars Hals und seine Lippen wurden schmal. Alizars Hand folgte seinem Blick und sie schaute auf ihre Hand. Da war Blut. Überrascht blickte sie Elani an, die sie ausdruckslos anstarrte. »Du hättest mir einfach die Kehle aufgeschnitten, obwohl ich mich nicht einmal wehren konnte?«, fragte Alizar argwöhnisch und schüttelte den Kopf. Elani zuckte mürrisch mit den Schultern, besann sich dann aber eines Besseren und wandte sich an Jezael: »Sie kann die Bisse der Wasserwesen *heilen*? Hätte ich das gewus-« Ein ungläubiges Lachen entfuhr Alizar. »Nun, wo du weißt, dass ich von Nutzen bin, ist es in Ordnung, dass ich lebe?!«, spie Alizar ihr entgegen.

Wäre Jezael nicht gewesen, wäre sie jetzt tot. Sie blickte ihn an und seine braunen Augen schienen sie zu durchbohren. Plötzlich lächelte er, als wäre ihm etwas in den Sinn gekommen, und er wandte sich an Elani. »Willst du an den Ratsversammlungen wieder teilhaben?«, fragte er kühl. Er ließ Elani keine Zeit zum Antworten, sondern fuhr fort: »Bringe Alizar bei, sich zu verteidigen. Sie sollte sich gegen Angriffe dieser Art zu wehren wissen. Und wenn ihr etwas geschieht, wirst du die erste sein, die ich verdächtige.«

Elanis Unglauben stand ihr ins Gesicht geschrieben. Wieder redete sie auf *Darîl* auf ihn ein, doch Jezael machte nur eine wegwerfende Handbewegung und unterbrach sie: »Dann wird es einen offiziellen Prozess geben. Es ist deine Entscheidung. Und jetzt ... gehe ich wieder schwimmen.« Im nächsten Augenblick war er aus dem Zelt getreten.

Offizieller Prozess? Alizar schluckte und wandte sich langsam um, fest überzeugt, dass Elani sie nun in Stücke reißen würde. Diese zischte Alizar zwischen zusammengebissenen Zähnen zu: »Ich hole dich heute Abend ab«, und damit war auch Elani verschwunden.

Alizar ließ die Schultern hängen. So hatte sie sich das nicht vorgestellt. Aber selten liefen die Dinge in letzter Zeit so wie vorgestellt. Der Schock saß tief, dass Elani sie hatte umbringen wollen. Es machte ihr auch Angst, dass Elani ihr so hasserfüllt gegenübergetreten war, ohne je ein Wort mit ihr gewechselt zu haben. Unwillkürlich fragte sie sich, ob noch weitere Gabenträger und -trägerinnen so für sie empfanden. Sie hatte bemerkt, dass einige sie noch immer misstrauisch beäugten, aber hatte Lyrias Tod die Lage verändert? Gab es vielleicht noch mehr, die dachten, dass sie Schuld an Lyrias Tod trug, sie gar verraten hatte?

Alizars Herz wurde schwer. Vielleicht war es wirklich an der Zeit, sich verteidigen zu lernen.

Sie konnte im Augenblick nur hierbleiben. Sie hatte kein Geld und auch keinen anderen Ort, an den sie flüchten konnte. Es machte sie allerdings stutzig, wie

Jezael so schnell hatte hier sein können, offensichtlich genau zum richtigen Zeitpunkt. Und wieso wusste Elani nicht, dass sie ihn geheilt hatte? Karul hatte es gewusst. Sie überlegte kurz, sich in ihr Zelt zurückzuziehen, aber sie zwang sich, zu bleiben. Sie griff nach dem Messer auf dem Boden, ging hinter den langen Tisch und schnitt das rohe Gemüse, bis ihr die Finger wehtaten.

Elani kam glücklicherweise nicht zurück, aber einige Männer und Frauen stießen bald darauf in das Essenszelt. Wenn sie ihr feindselig gesinnt waren, ließen sie sich das nicht anmerken. Ein Mann, er war wohl schon in der Mitte seines Lebens angekommen, denn seine Augen waren von freundlichen Fältchen verziert und seine Haare ganz und gar grau, nickte ihr zu, stellte sich neben sie und begann kurz darauf, Teigfladen zu kneten. Alizar vermutete, dass dies das leckere, fluffige Brot sein musste, das zu den meisten Mahlzeiten angeboten wurde. Ihr Magen stieß ein Knurren aus. Als der Mann ihren neugierigen Blick bemerkte, schob er ihr die große Schüssel mit Teig zu und deutete auf seine Hände. Er sprach offensichtlich nicht gerne oder vielleicht auch nicht ihre Sprache, denn er zeigte ihr, ohne ein Wort zu sprechen, was sie tun musste. Bei ihm wirkten die Bewegungen schnell und routiniert und die kleinen Teigbälle wurden innerhalb von wenigen Augenblicken zu dünnen Fladen, die er beiseite legte. Alizar nahm Mehl, wenn der Teig klebte, und Olivenöl, wenn er zu schnell riss, und mimte jede seiner Bewegungen, doch ihre Fladen rissen, wenn sie sie lang zog, oder der Teig zog sich sofort wieder zusammen.

Der Mann hatte in wenigen Minuten Dutzende kleine Fladen geformt und tat dies mit einem milden Lächeln. Alizar begann sich zu entspannen, als er ihr ein aufmunterndes Lächeln zuwarf, und nickte, als er sah, dass sie zwei Fladen, mit denen sie zufrieden gewesen war, beiseitelegte. »Ihr seid so schnell!«, stieß Alizar verblüfft aus, als sie seinen Fladenberg sah. Er lachte und machte eine wegwerfende Bewegung. »Aber wie macht Ihr das?«, hakte sie nach. Der Mann hielt inne und verschwand. Als er wiederkam, hatte er einen Zettel und einen Stift in der Hand und beugte sich über die Küchenzeile. Alizar beobachtete, wie er etwas schrieb und ihr dann den Zettel reichte.

»*Nayir*« stand dort in geschwungenen Buchstaben geschrieben. Alizar kannte das Wort nicht und blickte ihn fragend an. Konnte er nicht sprechen? »Heißt Ihr Nayir?«, mutmaßte sie. Er schüttelte den Kopf und zeigte auf die Fladen.

»Heißt das Brot Nayir?«, riet sie verunsichert.

Er schüttelte grinsend den Kopf. Alizar blickte sich um, doch sie waren im Vorzelt allein. Sie überlegte, ob sie jemanden holen sollte, der ihr das Wort übersetzen konnte, doch sie wollte den Mann nicht stehen lassen, der sie auffordernd anlächelte. »Wegen Nayir seid Ihr so geübt mit den Fladen?«, fragte sie weiter. Er grinste und nickte, schob ihr den Zettel zu und widmete sich wieder seiner Aufgabe. Alizar blickte auf die geschweifte Handschrift und schob sich den Zettel dann in die Hosentasche. Den Mann schien es nicht zu stören, dass sie die Bedeutung des Wortes nicht vollends verstanden hatte, denn er knetete lächelnd weiter, also tat sie es ihm gleich. Alizar ging das Wort nicht aus dem Kopf und sie nahm sich vor, sofort jemanden nach dessen Bedeutung zu fragen.

Zum See

»Wir reisen bei Anbruch der Dunkelheit zum See«, erklärte Rami ihr im Hafen, dem Gemeinschaftszelt. Es waren zwei Tage vergangen, seitdem Lyria gestorben war, und Alizar war froh, Ramis Stimme zu hören. Er war seit Lyrias Tod deutlich schweigsamer gewesen. Er blickte sie müde lächelnd an. »Du bist ja eh mit Elani beschäftigt«, kam es von einem großen Kissen und Alizar warf Karul einen vernichtenden Blick zu. »Hat es sich schon herumgesprochen?«, fragte Alizar entrüstet. »Nun, es kommt nicht oft vor, dass Jezael seine rechte Hand des Amtes verweist und aus den elypsischen Versammlungen schmeißt«, antwortete Karul schulterzuckend. »Seine was?«, entfuhr es Alizar. »Elani ist seine rechte Hand ... gewesen. Ihre Eltern waren Berater des Königs und sie ist nach deren Tod in ihre Fußstapfen getreten«, erklärte Karul ihr. Alizar stöhnte auf. »Und jetzt?«

Rami setzte sich neben sie und sprach mit sanfter Stimme: »Und jetzt sind wir froh, dass du noch lebst.« Karul fügte noch grinsend hinzu: »Und du endlich lernst, dich auch mit anderem als Buttermessern und Blumenvasen zu behaupten!« Alizar lehnte den Kopf nach hinten und massierte sich die Schläfen. »Sie wird es mir schwer machen, richtig?« Rami verkniff sich ein mitleidiges Grinsen und Karul nickte mit ernstem Gesichtsausdruck. »Sie wird dich auseinandernehmen, während wir alle am See sind. Keine Zeugen. Kein rettender Prinz. Nur du und unsere bestausgebildete Kämpferin.« Alizar blickte Karul mit offenstehendem Mund an. »Eure was?« Karul grinste: »Was denkst du wohl, warum soll sie dich unterrichten?« Alizar warf sich mit einem Keuchen zurück, wobei etwas unsanft in ihren Oberschenkel piekste. Sie tastete danach und ihr fiel wieder der Mann und der Zettel aus dem Essenszelt ein. Hastig zog sie den Zettel aus ihrer Hosentasche und öffnete ihn. Sie fragte die beiden Gabenträger: »Was bedeutet *Nayir*?«

Karul und Rami wechselten einen Blick und Karul schien nach den richtigen Worten zu suchen. *»Nayir* bedeutet einfach übersetzt: Vertrauen und Geduld, aber es kommt auf den Zusammenhang an.« Alizar dachte kurz nach. »Angenommen, mir würde etwas nicht gelingen und ich frage jemanden, wieso es ihm gelingt. Derjenige antwortet mir: *Nayir,* was würde es dann heißen?« Rami lächelte sie gutmütig an und antwortete: »Es würde bedeuten: Mit Vertrauen und Geduld gelingt es dir. *An enda nayri* bedeutet: Ich habe Vertrauen.« Rami fügte nachdenklich hinzu: »Damit ist ein tiefes Vertrauen in den Glauben gemeint, dass alles aus einem Grund passiert und Geduld uns ans Ziel führt. Genau genommen glauben wir, mit Vertrauen und Geduld gelingt alles.«

»Vielleicht gelingt es dir sogar, den Unterricht mit Elani zu überleben!«, scherzte Karul und erntete zwei böse Blicke. Alizar stöhnte: »Gibt es in Elypsa ein Versteck, wo sie mich nicht findet und ich warten kann, bis ihr zurück seid?« Karul lachte laut auf und schüttelte dann theatralisch den Kopf. »Von mir erfährst du nichts!« Alizar antwortete trocken: »Dann bleibt mir wohl nur *Nayir*.«

Mondstaub und Heldenhaftigkeit

Als der Nachmittag anbrach, kam Leben in Elypsa, doch die Stimmung war spürbar angespannt. Die Darilen wussten, dass der Rat nach Tulophidel reisen würde und von diesem Vorhaben die Zukunft abhing. Ohne das Gegenmittel, das sie brauchten, um sich dem Schutzarm und dem König entgegenzustellen, würden die Darilen nie wieder ein freies Leben in Darilath führen können, sondern stets versteckt und in Angst leben müssen.

Alizar wusste nicht, wie der Plan aussah. Sie wusste nur, dass sie hier warten und gegebenenfalls Wunden würde heilen müssen. Die Sonne stand tief und Alizar saß vor dem Hafen. Sie alle aßen meist gemeinsam am Lagerfeuer, doch bisher waren nur Alizar und Rami eingetroffen. Rami hatte Holz in der Feuerstelle gestapelt und Alizar sah gebannt zu, wie gerade ein winzig kleiner glühender Funken von Ramis Finger rieselte, der sofort das Holz in Brand setzte. Fast jeder der Gabenträger beherrschte die Fähigkeit, Feuerfunken zu erzeugen, doch Alizar wagte nur bei Karul und Rami so genau hinzuschauen.

Ein Schwarm goldener Nachtfalter tanzte in ihr Blickfeld. Schwerelos schwirrten sie um das Lagerfeuer und Alizar staunte.

Nie waren die Falter ihr so nah gekommen. Sie stellte erstaunt fest, dass die Flügel der Falter bunt, doch mit goldenem Staub überzogen waren. So funkelten sie, als wären sie alle aus Gold. Rami setzte sich nun neben sie und flüsterte ihr verschwörerisch zu: »Sie scheinen sich an dich zu gewöhnen« und Alizar riss erstaunt die Augen auf. »Denkst du, sie bemerken mich?!« Rami nickte lachend und sagte: »Natürlich tun sie das. Sie waren in letzter Zeit etwas ... zurückhaltend.« Alizar nickte traurig. »Siehst du die Bestäubung ihrer Flügel?«, fragte Rami. Alizar nickte. Rami erklärte ihr lächelnd: »Sie ist wertvoll und mächtig. Wir nennen das ihren Mondstaub. Manchmal, wenn ein Falter vergeht, sucht er sich einen Darilen oder eine Darila, dem oder der Staub zuteilwird. Er geht in die Seele über.« Alizar blickte Rami ungläubig an und wartete, dass er fortfuhr, aber das tat er nicht. »Rami, was passiert dann?«, verlangte Alizar ungeduldig zu wissen.

Rami grinste sie an. »Das weiß keiner so genau. Manche Gabenträger wurden stärker, andere weiser und ...« Rami zögerte, entschied sich aber fortzufahren. »... es gab auch schon Gabenträger, die ihre Gaben dadurch verloren. Du darfst die Falter niemals berühren, das ging noch bei niemandem gut aus. Wir sind das Volk der Nachtfalter und ich schätze, die Falter schützen uns auf eine Art und Weise.«

Plötzlich traten mehrere Gestalten aus den Schatten der Zelte und Alizar erschrak bei ihrem Anblick. Jezael, Karul, ein großgewachsener Darile und noch zwei andere, deren Namen Alizar nicht kannte, traten an das Lagerfeuer. Es folgte noch ein weiterer Darile, der ein Schwert auf dem Rücken trug. Sie alle waren schwarz gekleidet und offenbar bereit, zum See zu reisen. Alizar räusperte sich und senkte schnell den Blick. Karul nahm neben ihr Platz und blickte sie prüfend an. »Was ist los?«, fragte er sie verwirrt. Alizar hob schnell den Kopf und stammelte: »Nichts, nichts, alles in Ordnung!«, doch ihr entging nicht, dass alle Blicke auf sie gerichtet waren. Ihr war mulmig zumute, auf den Rat zu treffen nach ihrer Begegnung mit Elani. Wenn Elani ihr so feindselig gesinnt war als Beraterin des Prinzen, war es gut möglich, dass der Rest des Rates ähnlich empfand. Alizar wollte sich so unauffällig wie möglich benehmen, doch offensichtlich war ihr das nicht gelungen.

Die anderen Darilen nahmen auch am Lagerfeuer Platz und griffen nach den Schüsseln mit Suppe. Alizar überlegte, ob sie gehen sollte. Sie war hier sicher nicht erwünscht. Sie wollte sich gerade erheben, da streckte ihr jemand eine Hand entgegen. »Ich habe bedauerlicherweise erst gerade eben erfahren, dass Ihr unserem Prinzen das Leben gerettet habt«, polterte eine tiefe Stimme. Alizar hob zögerlich den Kopf.

Sie blickte in das Gesicht eines Mannes, der vermutlich schon einige Sommer älter als sie war. Er lächelte sie freundlich an und sein Lächeln wirkte ehrlich.

»Mein Name ist Jiron. Ich möchte Euch danken, Alizar. Wir stehen tief in Eurer Schuld. Und hätten wir das ein wenig früher erfahren ...« Er warf einen argwöhnischen Blick über das Lagerfeuer zu dem Platz, auf den Jezael sich gesetzt hatte, der eine Grimasse zog. »... hätte das Euch vermutlich Startschwierigkeiten erspart. Wenn Ihr etwas braucht oder wir etwas für Euch tun können, lasst es uns wissen«, beendete er den Satz. Alizar blickte ihn überrascht an, nahm dann seine Hand und drückte zu. »Ihr müsst mir nicht danken«, antwortete Alizar und schenkte ihm ein unsicheres Lächeln. Er sah aus wie ein Krieger und Alizar hätte schwören können, dass ihre Hand knackte, als er sie drückte und sie beim Schütteln fast vom Hocker riss.

»Ich bin Maia«, erklang es zwei Plätze weiter von einer Darila, die schulterlange braune Haare trug und ihre Augen stark geschminkt hatte. »Und ich schließe mich an. Ich verstehe, dass Jezael es für klüger hielt, niemandem zu erzählen, in welch kopflose Gefahr er sich begeben hat«, auch sie warf Jezael einen eindeutigen Blick zu, der diesmal die Augen verdrehte, was ihm zu Alizars Überraschung etwas Jungenhaftes gab.

»Doch ich schätze es sehr zu wissen, dass Ihr der Grund seid, weshalb Darilath noch Aussicht auf eine regelrechte Thronfolge hat!«, fügte sie lächelnd hinzu.

Alizar wusste nicht, wie ihr geschah. Jezael hatte anscheinend niemandem außer Karul, Rami und Lyria erzählt, dass sie ihn geheilt hatte. Nun ergab auch Adriks Überraschung über ihre Heilfähigkeit Sinn. Alizar lächelte Maia an und die anderen beiden Darilen stellten sich als Iqmar und Onda vor. Onda war in Alizars Alter und trug ihre blonden Haare kurzgeschoren, was ihr herzförmiges Gesicht noch interessanter wirken ließ. Auch sie ergriff das Wort: »Und wir möchten dir sagen, dass wir, auch wenn wir es nicht gewusst haben, Elanis Verhalten missbilligen. Du bist hier willkommen. Wir werden morgen eine Versammlung einberufen und das in aller Klarheit verkünden, damit jeder erfährt, was wir dir zu verdanken haben!«

Alizar riss entsetzt die Augen auf. »Nein!«, rief sie erschrocken. Die Gesichter des Rates blickten sie interessiert an. »Nein, das ist nicht nötig«, fuhr Alizar fort. Noch mehr Aufmerksamkeit konnte sie nicht gebrauchen. Jezael richtete nun mit ernster Miene das Wort an sie: »Ich wollte nicht, dass das Volk erfährt, wie knapp ich dem Tod entkommen bin. Dass ich noch lebe, gibt vielen Hoffnung. Ein Volk ohne König und Königin kann noch hoffen, aber ein Volk ohne Aussicht, weil der Prinz beinahe im Alleingang den

Tod gefunden hat, ist verloren.« Er räusperte sich und fuhr etwas sanfter fort: »Ich hatte erwartet, dass ein Mensch bei uns für Aufsehen sorgen würde, aber ich habe nicht damit gerechnet, dass deine Sicherheit in Gefahr ist. Die Versammlung *ist* notwendig.« Und sein Ton ließ keine Widerworte zu.

Ihr war nicht entgangen, dass Jezaels Ansprache an Nähe gewonnen hatte und sie wunderte sich, ob sie ihn auch weniger distanziert ansprechen sollte, aber immerhin war er der Prinz von Darilath. Alizar nickte zögerlich. Sie verstand, welche Verantwortung auf seinen Schultern lastete, ein gesamtes Volk schützen zu müssen. Er war aus Verzweiflung allein zum See gereist, um nicht noch mehr Verluste zu ertragen, und sie konnte nachvollziehen, dass er sein Volk und den Rat nicht beunruhigen wollte. Aber ... was hatte er denn erzählt?

»Was glauben denn alle, weshalb ich hier bin?«, fragte Alizar neugierig. Jetzt grinste Jezael und antwortete: »Sie glauben, ich hätte dich heldenhaft gerettet und hergebracht.« Alizar starrte ihn entgeistert an. Das war ... Ihr fehlten die Worte. Er hatte erzählt, *er* hätte *sie* heldenhaft gerettet? »Die Versammlung morgen könnte ganz schön unangenehm für dich werden?«, antwortete sie kühl, bevor sie sich auf die Zunge beißen konnte. Auf Jezaels Gesicht machte sich augenblicklich ein verdutzter Ausdruck breit.

Als Alizar bewusst wurde, dass ihre Hitzköpfigkeit ihr nicht nur die Entscheidung über die vertrauliche Ansprache abgenommen hatte, sondern ihr auch die spitze Bemerkung in Anwesenheit des Rats herausgerutscht war, blickte sie sich mit hochrotem Kopf um und sah in die Gesichter der Gabenträger, die einen Moment lang still dasaßen. Karuls Lachen brach die betretene Stille, und allmählich stimmten die anderen Gabenträger mit ein. Jirons lautes Lachen polterte wie Steine, die von einer Felswand brachen. Vielleicht lag es daran, dass alle im Angesicht des Vorhabens, an den See zu reisen, angespannt waren und Alizars Bemerkung die Stimmung gebrochen hatte, vielleicht war es auch einfach Jezaels Gesichtsausdruck, der mit einem Konter Alizars nicht gerechnet hatte – aber die Darilen prusteten aus voller Kehle. Auch Alizar musste lachen, als sie die vergnügten Gesichter im Schein der Flammen musterte. Ihr Blick traf auf Jezael, der sie nun verschmitzt angrinste und ihr über das Lagerfeuer hinweg zuzwinkerte. Alizar schluckte und ihr Herz schlug schneller. Hektisch wandte sie den Blick ab. Wo waren diese Mauern, wenn man sie brauchte?

Wenig später, als die Gespräche allmählich ruhiger und ernster wurden, standen Onda und Maia auf und auch Iqmar erhob sich. «Alizar, Ihr werdet etwas Dunkles tragen müssen, sonst seid Ihr zu auffällig gekleidet!«, wandte sich Maia an Alizar. Alizar runzelte die Stirn und plötzlich verstummte auch Jezael, der mit Jiron in ein Gespräch vertieft gewesen war, und beobachtete Alizars Reaktion. Karul antwortete anstelle Alizars: «Alizar wird uns nicht begleiten. Nur die Götter wissen, was uns erwartet, und noch jemanden zu gefährden, der –«

Er wandte sich an Alizar und hob entschuldigend die Arme: «Nichts für ungut, aber jemanden zu gefährden, der menschlich ist, wäre unklug.« Maia hob die Augenbrauen und blickte sich fragend um. Nun schaltete sich auch Jiron ein und sprach mit seiner tiefen Stimme: «Da nur die Götter wissen, was uns erwartet, wäre es sicher *nicht* unklug, eine Heilkundige dabei zu haben.« Rami räusperte sich geräuschvoll und wandte sich an Jiron: «Aber Alizar hat nicht den geringsten Schimmer, *was* sie dort erwartet ...« So rührend die Sorge der beiden war, Alizar fühlte sich nicht nur übergangen, sie fühlte sich bevormundet wie ein kleines Kind.

Maia antwortete gelassen: «Nun, das lässt sich schnell zusammenfassen: Uns erwartet ein tintenschwarzer See, der etwa zwei Dutzend Unterwasserwesen mit giftigen Zähnen und spitzen Klauen beheimatet, die uns bis in die Seele blicken können und nur darauf warten, uns zu verspeisen.« Alizar drehte sich der Magen um. Karul schüttelte heftig den

Kopf: »Ich sage nein.« Er warf einen hilfesuchenden Blick zu Rami, der sich anschloss und ebenfalls den Kopf schüttelte. »Sie wartet hier auf uns. Das ist sicherer und auch vernünftiger«, sagte auch er entschlossen, was Alizar verwunderte. Er war meist zurückhaltend, aber sie hatte ihn auch nie als Ratsmitglied erlebt. Nun schaltete sich auch Onda ein, die laut aufstöhnte. »Eure Sorge in allen Ehren, aber wir alle riskieren unser Leben, und würde sie mitkommen, wären unsere ohnehin sehr sehr *sehr* schlechten Aussichten möglicherweise nur sehr sehr schlecht.«

Und schon bald war ein Gewirr aus Stimmen ausgebrochen, die diskutierten, ob Alizar mitkommen sollte oder nicht. Jezael ließ dem Gespräch freien Lauf. Alizar blickte sich ratlos um und wusste nicht, ob sie sich einschalten sollte, da meldete sich Iqmar, der bisher die Situation still beobachtet hatte. «Vielleicht sollten wir Alizar fragen, was sie meint.« Er sprach mit leiser Stimme, doch die anderen verstummten sofort. Der dürre Mann hatte eine Ausstrahlung, die Alizar ehrfüchtig werden ließ. Er sprach ruhig und wählte seine Worte mit Bedacht, und Alizar verstand sofort, warum er ein Ratsmitglied war.

Alle Augenpaare waren nun auf sie gerichtet und in Alizars Kopf machte sich eine plötzliche Leere breit. Wollte sie von Wasserwesen verspeist werden? Auf keinen Fall. War es sinnvoll, dass sie mitkommen würde? Womöglich ja. Wenn jemand verletzt würde, müsste kostbare Zeit für das Nachtreisen verschwendet werden. Außerdem wusste keiner, in welcher Verfassung die anderen sein würden und ob überhaupt jemand die Möglichkeit hatte zu reisen. Gabenträger, die von Wesen verletzt worden waren, würden nicht selbstständig durch die Nacht reisen können.

Nun sprach Jezael, der bisher ebenfalls nur beobachtend geblieben war: «Es ist allein deine Entscheidung, Alizar.« Er blickte in die Runde und fügte mit Nachdruck und weniger an Alizar als an alle anderen gerichtet hinzu: «Dich wird niemand zwingen, dich wird aber auch niemand davon abhalten.«

«Kostet es Kraft, durch die Nacht zu reisen? Ich meine, würde es einen Verletzten schwächen, erst bis nach Elypsa reisen zu müssen, damit ich ihn heilen kann?«, griff Alizar eine der vielen Fragen auf, die ihr durch den Kopf schwirrten. Iqmar ergriff als Erster das Wort und erklärte mit ruhiger Stimme: «Das kommt auf die Schwere und Art der Verletzung an. Wenn ein Wesen starke Verletzungen hat, dann würde man es so wenig wie möglich bewegen wollen, weil das den Blutverlust und Schmerz intensiviert.« Er nahm tief Luft und wählte seine Worte vorsichtig: «So ist es auch beim Nachtreisen. Einen Körper, der bereits gegen den nahenden Tod ankämpft, auf eine Reise zu schicken, die sich jenseits der Regeln von

Raum und Zeit abspielt, würde den Sterbeprozess immens vorantreiben.«

Alizar nickte langsam. Das hatte sie bereits vermutet. Sie erinnerte sich nur zu gut daran, wie schnell Jezaels Wunde sich verändert hatte und wie sehr sie hatte kämpfen müssen, um ihn heilen zu können. Mit einem Mal ging ihr durch den Kopf, was es bedeuten würde, wenn die Darilen das Gegenmittel erhalten würden: Es würde bedeuten, dass sie eine Möglichkeit hatten, sich gegen die Besatzung und Ausrottung ihres Volkes zu wehren. Und es würde auch bedeuten, dass Martagon eine Aussicht auf Besserung hätte, wenn König Fyod aufgehalten werden würde. Keine tyrannische Krone, kein korrupter Schutzarm, keine Königskrallen, keine Raubzüge, keine Armut ...

»Könnt Ihr mir Kleidung leihen?«, wandte sich Alizar entschlossen an Maia, auf deren Gesicht sich augenblicklich Respekt zeichnete. Sie nickte und verschwand ohne ein weiteres Wort zwischen den Zelten. Karul stand abrupt auf und schüttelte den Kopf. Alizar wusste, er meinte es nicht böse, aber dies war nicht seine Entscheidung. Noch war es genau genommen ihre. Hier ging es um etwas Größeres. Sie konnte etwas dazu beitragen, die Chancen der Darilen zu erhöhen, und würde nicht weiterhin unnütz zusehen müssen, wie König Fyod Martagon und nun auch Darilath dem Erdboden gleichmachte. Alizar spürte tief in ihrem Inneren, dass es die richtige Entscheidung war mitzugehen. Zwar die Entscheidung einer Närrin in Anbetracht der mörderischen Wasserwesen, aber sie fühlte sich richtig an.

Alizar hielt Karul am Arm fest und blickte in enttäuschte blaue Augen. »Siehst du, wie weit ich gehen würde, um vor Elani zu fliehen?!«, fragte sie ihn. »Du hättest mir nur ein Versteck nennen müssen!«, fuhr sie fort und blickte beleidigt in die Ferne. Er blickte sie einen Augenblick lang fassungslos an. Gewöhnlich war er es, der unpassende Scherze in noch unpassenderen Momenten machte. Als er endlich kopfschüttelnd anfing zu lachen, atmete Alizar erleichtert auf. »Ich hoffe, du hast deine Badesachen dabei!«, gab er feixend zurück und zog sie zu sich hoch. »Du bist eine Närrin, Alizar Tyrowe. Ich hoffe, das weißt du!« Alizar grinste. Wenn sie eines wusste, dann das.

Geständnisse

Etwa dreißig schwarzgekleidete Gestalten hatten sich in einem Halbkreis um Jezael und Jiron versammelt. Sie hatten sich im Ratszelt zusammengefunden. Soweit Alizar informiert war, bestand der Rat aus Karul, Rami, Iqmar, Onda, Maia und noch einer weiteren Gabenträgerin, wenn man von Elani absah. Alizar hatte sich gewundert, weshalb die Gabenträgerin nicht anwesend war und Karol hatte ihr erklärt, dass Elani für den Fall eines Angriffs in Elypsa bleiben und die Stellung halten würde. Hinter Jiron und Jezael stand eine Holztafel mit Zeichen, die Alizar nicht lesen konnte. Maia und Onda standen links von ihr und Rami und Karul hatten sich auf der rechten Seite eingefunden. Maias Kleidung war Alizar etwas zu weit, doch sie fügte sich perfekt in das Bild der schwarzgekleideten Gabenträger. Alizar hatte nicht gewusst, dass so viele Gabenträger mit an den See reisen würden, sie vermutete, dass es Freiwillige waren. Die fragenden und teils misstrauischen Blicke, die Alizar zugeworfen wurden, hatte Jezael zerschmettert mit der Ansage: »Alizar kann die Bisse der Wasserwesen heilen und hat sich anerboten, uns zu begleiten. Sollte jemand Einspruch erheben wollen, möge er jetzt sofort das Zelt verlassen.«

»Wir machen alles so, wie wir es besprochen haben«, sprach Jezael nun mit ernster Stimme und warf einen Blick über die Schulter auf die Holztafel. »Unsere einzige Möglichkeit wird der Angriff sein. Wie geplant, Einheit A greift aus der Ferne an, Einheit B wird versuchen ins Wasser zu gelangen und Einheit C wird Einheit B im Nahkampf unterstützen.« Er ließ seinen Blick konzentriert durch die Reihen schweifen, um schließlich an Alizar hängen zu bleiben. »Und Einheit D wird sich unauffällig im Hintergrund bei Einheit A aufhalten. Verletzte werden so schnell wie möglich vom Seeufer weg und zu Einheit D gebracht.«

Alizar nahm zur Kenntnis: Sie war also eine Ein-Frau-Einheit. Jezael blickte sie fragend an und Alizar beeilte sich zu nicken. Sie würde sich an Rami halten, der zu Einheit A gehörte und mit seiner Blitzschlag-Gabe aus der Ferne die Wasserwesen angreifen würde. »Wie oft kannst du heilen?«, wandte sich nun Jiron an Alizar. Alizar erstarrte. Darüber hatte sie sich noch nie Gedanken gemacht. »Ich weiß es nicht. Der Biss, den ich geheilt habe, war wenige Stunden alt. Ich habe die Hoffnung, dass frische Bisse weniger ... kräftezehrend werden«, antwortete sie wahrheitsgemäß. Ein Murmeln ging durch die Reihen. Jiron rief: »Zielt zwischen die Augen und auf das Herz und lasst euch verflucht nochmal nicht beißen.«

Nun löste sich Iqmar aus den Reihen und trat nach vorne zu Jiron und Jezael. Mit seiner leisen Stimme erklärte er: »Einheit B, wir wissen nicht, was wir suchen. Ein Artefakt, eine Pflanze oder ein Tier, es ist alles möglich. Greift, wonach ihr könnt, befördert es aus dem See und macht, dass ihr aus dem Gewässer kommt.« Alizar schluckte und blickte sich verstohlen um. Die Lage war schlechter, als sie erwartet hatte. Die Gabenträger wussten nicht einmal, wie das Gegenmittel aussah. Sie sah in entschlossene Gesichter, was ihr ein wenig Mut machte, doch wurde ihr nun auch bewusst, wie gefährlich es werden würde. Es würde Verletzte geben und vielleicht sogar Tote. Sie blickte zu Jezael, der nun auf *Darîl* noch einige Worte an die Nahkämpfer richtete. Sie hoffte inständig, dass ihm nichts passieren würde. Dann fiel ihr Blick auf Rami und Karul. Rami hörte konzentriert zu und nickte energisch. Karul fing ihren Blick auf und formte lautlos: »Letzte Gelegenheit« mit den Lippen. Alizar schüttelte kaum merklich den Kopf. Sie würde jetzt keinen Rückzieher machen.

Nun trat auch Maia nach vorne und sprach mit Nachdruck: »Wir wissen nicht, wie lange wir den See verschleiern können, um unseren Angriff vor den Dorfbewohnern zu überschatten. Das Wetter scheint zwar auf unserer Seite zu sein, doch wir müssen schnell sein.« Sie stieß geräuschvoll Luft aus ihrer

Nase und fügte hinzu: »Der Schutzarm Fyods wird dennoch nicht weit sein. Wenn das der Fall ist, bleibt uns nur der sofortige Rückzug.«

Nun räusperte sich Onda. »Bedenkt, dass die Wasserwesen Seelen lesen können, wenn sie euch nur nah genug kommen. Sie können eure tiefsten Ängste gegen euch verwenden. Lasst sie nicht in eure Gedanken!«, befahl sie, und die Versammelten nickten energisch. Alizar schluckte schwer und hielt sich vor Augen, dass sie weit genug von ihnen entfernt stehen würde.

Irgendwann war alles gesagt und es wurde still im Zelt. Jiron warf einen Blick aus dem Zelt zum Himmel und nickte entschieden. Die Nacht war herangebrochen und auch über Elypsa hatten sich dunkle Wolken am Himmel gebildet. »Es geht los«, sagte er bestimmt und ließ den Blick über die Gabenträger schweifen. Er nickte aufmunternd, doch die Anspannung stand ihm ins Gesicht geschrieben. Die ersten Gabenträger verließen das Zelt und Alizar wollte sich gerade anschließen, da sprach Jezael sie an: »Einen Moment, Alizar ...« Alizar blieb stehen und blickte ihn verunsichert an. Er wartete, bis alle das Zelt verlassen hatten, und wandte sich wieder an sie. »Du weißt, dass du das nicht tun musst, nicht wahr?«, sagte er mit sanfter Stimme. Alizar legte ihre Stirn in Falten und nickte. Hatte er gedacht, sie würde sich nun umentscheiden? »Ich möchte das aber tun«, gab sie bestimmt zurück. Ein schwaches Lächeln legte sich um seinen Mund und Alizars verräterisches Herz fing wieder wie wild an zu pochen.

Er nickte, als würde er ihren Wunsch zu helfen verstehen. Dann griff er in seine Tunika und hielt ihr im nächsten Augenblick ein Messer hin. Es war handlich, mit einer silbernen Klinge und einem dunkelroten Heft. »Ich hoffe, du wirst es nicht brauchen« sagte er ernst und wendete das Messer in der Hand, sodass sie zugreifen konnte. Sie musterte die Waffe. Filigrane goldene Linien durchzogen das Heft und auf der Unterseite erkannte sie einen goldenen Nachtfalter. Alizar fuhr sanft mit ihren Fingern über die Klinge. »JAV« las sie. »Danke«, flüsterte Alizar verlegen und blickte Jezael ins Gesicht. Er trat einen Schritt näher und Alizar erstarrte. Er legte den Kopf schief, als er ihre sichtlich angespannte Reaktion wahrnahm und lächelte verschmitzt. Dann beugte er sich zu ihr herunter und flüsterte in ihr Ohr: »Erinnerst du dich an die Worte, die ich dir gesagt habe, nachdem du mich geheilt hast?«

Alizar wagte kaum zu atmen und nickte mechanisch. Natürlich hatte sie die Worte nicht vergessen. Die Erinnerung hatte sich in ihr Gedächtnis gebrannt. Elaes Anisma. Er stand so nah, dass sie bei jedem Atemzug seinen Duft riechen konnte. Er roch nach

Feuer und Sand, doch eine süße Note hatte Überhand. Alizar kam nicht darauf. Jezael flüsterte: »Weißt du, was die Worte bedeuten?« Alizar antwortete kaum hörbar: »Dass du in meiner Schuld stehst?« Jezael kam noch näher und Alizar spürte seinen warmen Atem an ihrem Ohr. »Ich würde mein Leben geben, um dich zu schützen«, sprach er mit ernster Stimme, und Alizars Beine wurden ungewöhnlich weich.

Sein nachdrücklicher Blick suchte den ihren und Alizar verlor sich für einen Augenblick in seinen Augen. Auch Jezael konnte den Blick nicht abwenden und Alizar blieb der Atem stehen. Plötzlich räusperte er sich und trat schweigend einen Schritt nach hinten, als wäre ihm bewusst geworden, wie nah sie sich gekommen waren. Er wollte gerade wortlos das Zelt verlassen, da rief Alizar mit unsicherer Stimme: «Pass bitte auf dich auf!» Jezael hielt in seiner Bewegung inne. Als Alizar sich ihrer Worte bewusst wurde, korrigierte sie sich flüsternd: «Ich meine, sei furchtlos, aber pass auch ein bisschen auf dich auf!» Jezael wandte ihr langsam das Gesicht zu und nickte nachdenklich. «Du auch, Alizar», entgegnete er mit einem kaum merklichen Lächeln und trat aus dem Zelt.

Alizar blies die Wangen auf und atmete geräuschvoll aus. Eine ungünstige Wahl des Zeitpunktes für derartige Geständnisse. Sie straffte die Schultern, stieg von einem auf das andere Bein und verstaute das

Messer in ihrer Tunika. Dann trat sie aus dem Zelt und blieb wie angewurzelt stehen. Sie wusste vor Staunen nicht, wohin sie ihren Blick wenden sollte. Es hatten sich Dutzende Darilen eingefunden und um das Ratszelt versammelt. Sie alle blickten die schwarzgekleideten Gestalten hoffnungsvoll an. In ihren Händen trugen sie große Fackeln. Schnell huschte Alizar zu Rami, mit dem sie durch die Nacht reisen würde. Plötzlich flog ein riesiger Schwarm Nachtfalter über ihre Köpfe hinweg und Alizar hätte schwören können, dass sie goldenen Staub auf sie alle niederrieseln sah. Niemand sagte ein Wort. Sie standen nur dort in stiller Zusammenkunft und in ihren Gesichtern zeigte sich tiefes Vertrauen. Eine Gänsehaut zog sich über Alizars ganzen Körper. Sie nahm aus dem Augenwinkel wahr, wie Rami und Karul ihre Hände fest miteinander verschlossen und zudrückten, als wollten sie sich noch ein letztes Mal ihre Liebe bekunden. Eine kalte Faust legte sich um Alizars Herz und sie blickte in die Gesichter derer, die kamen, um sie alle zu verabschieden. In der ersten Reihe entdeckte sie den Darilen, den sie im Essenszelt kennengelernt hatte. Er lächelte ihr zu, als er sie sah. Alizar erwiderte sein Lächeln und flüsterte kaum hörbar: »Nayir« – *Vertrauen.* Alizar war sich nicht sicher, ob er sie gehört hatte, doch ein gutmütiges Lächeln breitete sich in seinem Gesicht aus und Alizar war unendlich dankbar für diese Geste. Anschließend hob Jezael die Faust in die Luft und die Darilen rundum hoben ihre Fackeln simultan in die Höhe. Im nächsten Augenblick wurde Alizars Sicht schwarz.

Hochmut

Als Alizar plötzlich wieder den Boden unter ihren Füßen spürte, hatte sie Mühe, sich auf den Beinen zu halten. Rami legte ihr unterstützend einen Arm um die Schultern, aber sie musste in die Hocke gehen, um nicht zusammenzubrechen. Alizar konzentrierte sich auf ihre Atmung und suchte verzweifelt einen Punkt, auf den sie ihre Augen fixieren konnte, doch die Welt um sie herum schwankte. Es war genauso furchtbar wie beim letzten Nachtreisen und sie musste sich beherrschen, nicht zu würgen. Lautlos erschienen weitere Gabenträger neben ihr und blieben regungslos stehen. Sie waren von vereinzelten Bäumen und hohem trockenem Gras umgeben, das in Schilf überging, je näher man dem See kam. Der Boden war steinig, doch schon wenige Meter weiter begannen die Steine feiner zu werden, bis sie zu Sand wurden. Der See lag unschuldig im Mondlicht, und um das Seeufer standen große Trauerweiden, deren Zweige bis in den See reichten und sich sanft im Wind wiegten. Alizars Blick fiel auf einige gelbe Blumen, die rund um das Seeufer gewachsen waren. Früher hatte es hier keine Blumen gegeben, aber Alizar vermutete, dass sie wild waren und wachsen konnten, weil niemand mehr das Seeufer betrat.

Alizar erhob sich bedächtig und krallte sich dabei in Ramis Arm. Nah bei ihnen standen nun zwei Gabenträger, die wie Rami zu Einheit A gehörten und aus der Ferne den See angreifen würden. Sie hießen Aras und Tio, wenn Alizar ihre Namen richtig verstanden hatte. Die beiden warfen einen teils skeptisch, teils besorgten Blick auf Alizar, was Alizar anspornte, sich weiter aufzurichten. Alle Gabenträger formierten sich lautlos und traten geübt zu ihren Einheiten. Man hörte nur das leise Knirschen der Steine, als zwei weitere Gabenträgerinnen sich zu ihnen gesellten, eine davon war Maia, die Alizar kaum merklich zunickte, die andere Darila hieß Vron.

Alizar lenkte ihre Aufmerksamkeit wieder auf den See, der 20 Schritt von ihr entfernt war. Sie erblickte Jezael, der neben Jiron Stellung genommen hatte und dem See den Rücken kehrte. Er und Jiron gehörten zu Einheit B, die vor Ort versuchen würde, den Schwimmern eine Möglichkeit zu schaffen, in den See zu gelangen. Bei ihnen fanden sich nun auch weitere Gabenträger ein, genau wie wenige Meter neben ihnen die Einheit C Aufstellung nahm. Onda und Karul gehörten zu denjenigen, die in den See gehen würden, und Alizar wünschte, es wäre nicht so. Sie hörte, wie Rami tief Luft nahm, als er Karul ebenfalls erblickte. Offensichtlich ging es ihm nicht anders. Sie griff kurz nach seiner Hand und drückte zu. Er erwiderte den

Druck, ohne sich ihr jedoch zuzuwenden. Dann wurde es still. Jezael und Jiron wandten sich an die Einheit A.

Maia hatte eine Hand zum Himmel gestreckt, als würde sie nach Wolken greifen. Die andere Hand hielt sie mit Vrons Hand verschränkt, die wiederum ihre freie Hand in den Sand gestreckt hielt. Einen kurzen Moment schien es, als würde ein graues Licht die beiden miteinander verbinden, und Alizar blinzelte fasziniert, doch im selben Moment war das Licht wieder verschwunden. Vron richtete sich auf und Maia senkte ihre Hand, beide nickten. Der Verschleierungszauber war geglückt. Nun würden die Bewohner Tulophidels eine Weile nichts von dem mitbekommen, was gleich passieren würde.

Plötzlich grollte ein Donner über ihnen und Alizar zuckte zusammen. Im nächsten Moment fiel ein leichter, dennoch dichter Regenschauer auf sie hinab. Jezaels Blick traf für einen kurzen Augenblick denjenigen Alizars, dann wandten er und Jiron sich an die Einheit, die sich gleich in das Wasser stürzen würde. Auch sie standen bereit. Alizars Anspannung wuchs, und als Jezael sich nun umdrehte und einen Schritt auf den See zutrat, drehte sich Alizar der Magen um. War sie die Richtige hierfür? Sie zwang sich, nicht darüber nachzudenken. Sie war die Einzige der Anwesenden, die die Bisse heilen konnte. Es war also richtig, dass sie hier war.

Rami, Aras und Tio waren hochkonzentriert und Alizar fiel auf, wie jeder von ihnen einen anderen Punkt anstarrte, den Körper angespannt und bereit, jeden Augenblick anzugreifen. Ohne Zweifel hatten sie diese Situation oft simuliert. Alizar griff in ihre Tunika und nahm das Messer in die Hand. Jetzt trat Jezael einen weiteren Schritt auf den See zu und da schoss auch schon ein unförmiger Körper aus dem Wasser, der aber blieb, wo er war. Um nicht zu schreien, biss Alizar die Zähne so fest aufeinander, dass es weh tat. Der Anblick, der sich ihr bot, verlangte ihr alles ab. Der Körper des Wesens war bleich und von Schuppen übersät. Die Haut schimmerte bläulich wie die einer Wasserleiche. Das Wasserwesen war riesig, mindestens zwei Köpfe größer als Jezael, hatte Glieder seitlich am Oberkörper, die Armen mit Schwimmhäuten ähnelten. Dort, wo man Hände vermutete, waren schuppige Pranken, die das Bild von Krokodilshänden mit langen Krallen auftauchen liessen. Es hatte einen langen, schuppigen Schwanz, der zu einem Krokodil passte, doch der Kopf des Wasserwesens war rund und erinnerte an einen Fisch, denn er hatte Kiemen und ein Maul. Er hatte keine Augenlider und zwei Schlitze, die wohl Nasenlöcher waren. Alizar erinnerte sich nur zu gut an die Schauergeschichten, die die Alten im Dorf von früher erzählt hatten. Sie hatte geglaubt, es wären nur Märchen, doch die

Beschreibung traf fast tadellos zu. Das, was allerdings niemand erzählt hatte und was Alizar das Blut gefrieren ließ, waren die Augen des Wesens, denn sie waren nahezu menschlich. Mit wachem Blick beäugte das Wesen das Bild, das sich ihm bot, bis der Blick wieder bei Jezael verweilte.

Es verzog beim Anblick der vielen Gabenträger das Fischmaul zu einer Grimasse und stellte Dutzende spitze, lange Zähne zur Schau. Es grinste abfällig. Alizars Körper befahl ihr wegzulaufen und sie musste sich zwingen, an Ort und Stelle zu bleiben. So etwas hatte sie sich in ihren furchtbarsten Albträumen nicht ausmalen können. Es war nicht nur der Anblick des Wesens, sondern auch, mit welch klugem Blick es sie musterte, die Mimik, die es besaß. Dies war nicht nur ein Raubtier, wie sie erwartet hatte; das Wasserwesen war ein Ungeheuer.

»Du weißt, weshalb wir hier sind«, sprach Jezael das Wesen eindringlich an, welches daraufhin ein hohes, schreckliches Lachen ausstieß. »Kleiner, mutiger Mottenprinz! So lebendig«, stieß es süffisant aus. Die Stimme war die einer Frau, doch es klang, als würden mehrere Stimmen sich miteinander vermischen. Alizar bekam Gänsehaut. Sie hatte nicht gewusst, dass die Wesen sprechen konnten.

»Das letzte Mal, als Ihr hier wart, habe ich Euch meine Warnung überbracht und das ist nur Eurem

Blut und meiner Großzügigkeit zu schulden. Was glaubt Ihr heute hier zu finden, wenn nicht den sicheren Tod?«, rief es bedrohlich. Jezael antwortete mit stoischer Ruhe: »Wir brauchen das, was uns unsere Gaben behalten lässt im Kampf gegen die Krone Martagons. Ich habe dir erzählt, was mit Darilath geschehen ist.«

»Nichts davon ist von Interesse für mich!«, kreischte das Wesen nun boshaft. Jezael straffte die Schultern und fragte: »Also entscheidest du dich für einen Kampf?« »Ihr steht kampfbereit vor mir und besitzt die Frechheit mich zu fragen, ob *ich* mich für einen Kampf entscheide?«, schrie das Wesen so laut, dass Alizars Ohren schmerzten. Die Einheiten rührten sich kaum merklich. Es war nur eine Frage der Zeit. »*Ihr* habt Euch für einen Kampf entschieden, Mottenprinz. Ihr! Und Ihr werdet die Verantwortung tragen!«, fügte es hinzu und stieß wieder ein schrilles Lachen aus.

Plötzlich flogen Eiskristalle durch die Luft und trafen das Wesen, das aufschrie. Gleichzeitig rannten Gabenträger zum Seeufer und die, die sie beschützen sollten, folgten ihnen. Jiron zog sein Schwert und dann sah Alizar auch, warum. Aus dem Wasser krochen Dutzende Wasserwesen, die äußerlich jenem glichen, das noch immer an Ort und Stelle stand. Doch diese waren kleiner und zu Alizars Überraschung hatten sie nur schwarze, leere Augen, anders als die der Anführerin. »Kommt und zeigt ihnen, dass Motten nicht schwimmen können!«, rief sie fröhlich und hob ihre schuppigen Arme einladend in die Luft. Alizar stellte schaudernd fest, dass ein Arm als Stumpf endete, dort, wo eine Hand fehlte.

Und dann begann der Kampf. Schwerter stießen auf Schuppenhaut und Krallen trafen auf Lichtblitze. Es wurde geschrien, gerufen, geschnappt und geschlagen. Die Gabenträger hatten alle einen ähnlichen Kampfstil, der Waffe und Gabe vereinte, aber Alizar konnte kaum hinsehen. Immer wieder hielt sie die Luft an und wandte den Blick ab. Neben ihr schoss Rami einen Blitz nach dem anderen in den Boden, und er traf auch jedes Mal eines der Ungeheuer, doch zu Alizars Entsetzen hielt sie das nicht auf. Tio schoss Eiskristalle, die die Wesen einen kurzen Moment zu lähmen schienen, doch auch das setzte sie nicht außer Gefecht. Verletzte Wasserwesen zogen sich blitzschnell zurück, doch schon bald krochen wieder neue aus dem Wasser, schnappten und hoben ihre langen Krallen nach den Gabenträgern. Alizar sah, wie ein Gabenträger sich bereits den Oberarm hielt, der einen tiefen Kratzer abbekommen hatte.

Plötzlich erfüllte ein Schreckensschrei die Luft. Alizars Kopf fuhr herum und sie sah, wie ein Gabenträger von einem der Wasserwesen erst von einem schuppigen langen Schwanz von den Füßen gerissen und dann am Bein in den See gezogen wurde. Alizar schlug sich entsetzt die Hand vor den Mund. Ein Darile sprang ihm zu Hilfe und zog, doch das Wesen war schon beinahe wieder im Wasser und offensichtlich stark genug, beide mit sich zu zerren. Da warf sich plötzlich Jiron mit seinem Schwert auf das Wesen und trennte mit einem Hieb den Kopf ab, der mit einem Platschen im Wasser landete. Alizar würgte. Die beiden Gabenträger krochen mit Mühe aus dem Wasser und auch Jiron stapfte rückwärts zum Ufer, doch da waren schon wieder zwei neue Wasserwesen, die sich auf ihn stürzten. Das eine schnappte nach ihm, das andere hob seine Pranken. »Jiron!«, keuchte Alizar und griff nach Ramis Arm, der bereits versuchte, die Blitze auf die beiden Ungeheuer zu lenken.

An anderer Stelle ging ein Gabenträger zu Boden und schrie, als sich ebenfalls ein Wesen auf ihn stürzte. Neben Alizar sirrte ein Pfeil durch die Luft und traf ein Wesen am Kopf, aber auch das hielt es nicht auf. Maia schoss Pfeil um Pfeil und traf auch hier und da das Herz und Hirn der Wesen, doch es waren einfach zu viele.

Die Einheit, die im See nach dem Gegenmittel suchen sollte, kämpfte noch immer am Seeufer. Alizars Herz blieb einen Moment lang stehen, als sie Karul und Jezael Seite an Seite kämpfen sah. Karul hatte einen Dolch in der Hand und schoss Feuerbälle, während Jezael mit der einen Hand ein Schwert führte und mit der anderen Sandkegel erzeugte, die die Wesen an Ort und Stelle hielten oder in den Sand zogen, als wäre es Treibsand. Alizar war es ein Rätsel, wie geschickt und anmutig die beiden ihre Schwerter einsetzten, gleichzeitig auswichen und ihre Gaben einsetzten. »Die Götter haben mich mit diesem See gestraft!«, kreischte die Anführerin nun. »Doch ich habe ihn zu meinem Palast gemacht!« Und dann war wieder ein lautes Platschen zu hören, gefolgt von einem Gurgeln. »Iqmar!«, schrie Karul und hetzte auf das Wasser zu, aber es stellten sich ihm zwei Wasserwesen entgegen. Alizar beobachtete panisch, dass niemand Iqmar zu Hilfe eilen konnte, weil alle selbst bereits alle Hände voll zu tun hatten. Jeder von ihnen kämpfte mit mindestens zwei Monstern gleichzeitig.

»Seht Ihr, Mottenprinz! Wer meinen Palast stürmen will, wird einen gebührenden Empfang erhalten!«, kicherte die Anführerin der Wasserwesen bösartig und Alizar lief es kalt den Rücken herunter. So boshaft und so persönlich, dass Alizar sich unwillkürlich fragte, ob es einen Grund dafür gab. Jezael schrie der Anführerin entgegen und stürmte in den See, doch er kam nur bis zum Knie, denn die Wasserwesen krochen immer weiter und weiter. Iqmar war verloren und eine Eiseskälte zog sich durch Alizars Körper.

Es ging alles so schnell. Ein weiter Todesschrei erklang und Alizar schloss die Augen. Sie wollte nicht sehen, wer in den See gezogen wurde. Sie wollte hier weg, sie wollte ... »Alizar!«, rief eine angstverzerrte Stimme. Es war Onda. Alizar richtete sich auf und blickte sich suchend um. Eine Gestalt kam auf sie zugehumpelt und Alizar rannte ihr entgegen. »Ich bin gebissen worden«, keuchte Onda und ließ sich auf den Hintern fallen. Ihre Hose war am Unterschenkel zerfranst und Blut sickerte aus der Bisswunde.

Sofort glitt Alizar in den Schleierzustand und fühlte nach der Wunde. Der Biss war glücklicherweise nicht tief und sie begann sofort heilende Muster auf Ondas Bein zu zeichnen. Sie wollte keine Zeit und Kraft verlieren, denn niemand wusste, was noch kommen würde. Die Lage war prekär. Onda stöhnte auf und biss die Zähne zusammen. Kurze Zeit darauf verblassten die Zahnabdrücke des Wasserwesens auf ihrer Wade und Onda blickte Alizar ehrfürchtig an, als der Schmerz nachließ. Sofort sprang sie auf und lief probeweise ein paar Schritte. Als sie zufrieden feststellte, dass sie ihr Bein mühelos belasten konnte, wandte sie sich wieder an Alizar.

»Ich kann dir gar nicht sagen, wie dankbar ich –« Ein rasender Schrei neben ihnen unterbrach Onda, die sich entsetzt Rami zuwandte.

»Karul!«, rief er panisch.

Alizar folgte seinem Blick. Karul war zu Boden gerissen worden, ein Wasserwesen zog an seinem Bein, ein weiteres schnappte nach seinem Schwertarm, mit dem er versuchte, das Wesen auf Abstand zu halten. Doch alle Gabenträger am Seeufer hatten mehr als genug damit zu tun, sich selbst zu verteidigen. Jiron war umzingelt, Jezael kämpfte ebenfalls bereits mit zwei Wasserwesen und stand schon bis zum Knöchel im Wasser. Die Wasserwesen, die verwundet wurden, zogen sich zurück ins Wasser, doch es schienen mehr und mehr an Land zu kriechen. Sie bewegten sich flink und waren doch stark wie Krokodile.

Alizar überblickte das Seeufer. Es war aussichtslos. Im nächsten Moment verließ Rami seinen Posten und lief zu Karul. Er griff nach seinem Dolch und bezwang eines der Wesen, sodass Karul wieder auf die Beine springen konnte. Derweil gingen mehr und mehr Gabenträger schreiend zu Boden und sofort griffen schuppige Hände nach ihren Körpern, die sie in die Tiefen zogen. Maias Pfeile waren ausgegangen und sie griff nun ebenfalls nach einem Schwert, das sie auf dem Rücken getragen hatte, und lief zum Seeufer, um dort zu helfen. »Es sind zu viele!«, schrie Alizar und hoffte, dass sie irgendwer hörte. »Wir müssen zurückkehren!«

Tio und Aras standen fokussiert neben ihr, aber Alizar sah ihnen an, dass das stetige Nutzen ihrer Gaben ihnen alles abverlangte. Auch Vron hatte sich auf dem Boden niedergelassen und begann, den Verschleierungszauber zu erneuern. Das letzte, was sie jetzt noch gebrauchen konnten, waren Wachen oder Königskrallen. Alizar glitt wieder in den Schleierzustand und blickte zum Seeufer. Sie keuchte schockiert auf. Die Gabenträger, die dort kämpften, waren alle schon verletzt. Sie würden nicht mehr nachtreisen können.

»Wir müssen aufgeben, wir müssen ... es sind zu viele!«, schrie Alizar. Doch die Gabenträger kämpften um ihr Leben und reagierten nicht auf sie. Auf einmal ging Rami zu Boden und Alizar schrie auf. Karul wollte sich zu ihm durchkämpfen, doch plötzlich richtete sich eines der Wasserwesen auf und lief auf seinen Hinterbeinen auf Karul zu, der nur mühsam den Pranken ausweichen konnte. »Irgendwas stimmt nicht!«, keuchte Aras, der sich näher zu Alizar gestellt hatte. »Jezael hätte längst den Rückzug verkünden müssen!«

Alizar nahm ihr Messer in die Hand und rannte los. Sie rannte in Ramis Richtung, der kaum einen Blitz mehr beschwören konnte. Alizar stürzte sich mit einem wilden Schrei auf das Wesen, das sich gerade über ihn beugte und zubeißen wollte. Sie rammte dem Wesen blindlings das Messer in den Rücken und hoffte, es zumindest für einen kurzen Moment abzulenken. Ihr Angriff glückte, denn das Wesen fuhr wütend herum und fixierte sie mit schwarzen, leeren Höhlen, dort, wo Augen sein sollten. Alizar lief rückwärts und das Wesen folgte ihr mit schnellen Schritten. Sie hatte das Messer in der Hand behalten und hielt es abwehrend vor sich. Im letzten Moment wurde das Wesen von einem Eiskristall erdolcht. Es kippte schwer um und blieb liegen. Alizar blickte sich um und sah, dass zumindest ein paar der Wesen am Seeufer lagen und sich nicht mehr rührten. Doch auch die Zahl der Gabenträger war gesunken, nur dass diese in die Tiefen gezogen worden und deshalb nicht sichtbar waren. Alizar blickte sich suchend um, doch sie fand Jezael nicht. Panisch drehte sie sich um ihre eigene Achse. Dann erblickte sie ihn. Er stand im hüfthohen Wasser und bewegte sich auf die Anführerin zu. Alizar schrie auf. Hier stimmte etwas ganz und gar nicht. Sie alle kämpften instinktiv und gedankenlos, ohne zu bemerken, dass sie sich schon lange hätten zurückziehen müssen.

»Jezael!«, schrie sie ihm hinterher und er hielt kurz an, hielt ihr aber den Rücken zugewandt. Alizar lief näher an das Wasserufer und schrie wieder seinen Namen. Er würde sterben, wenn er nicht sofort umkehrte. Im nächsten Moment kreischte die Anführerin: »Ein Mensch kämpft an der Seite der

Gabenträger? Mein Interesse ist geweckt!« Sie lachte schrill auf und zu Alizars Entsetzen bewegte sie sich in rasender Geschwindigkeit auf das Seeufer zu. Nein, nicht auf das Seeufer, sie bewegte sich auf sie zu.

Alizar ging ihre Möglichkeiten durch. Weglaufen wäre zwecklos. Kämpfen ebenfalls. Wenn sie alles, was sie gehört hatte, richtig kombinierte, dann würde es nur eine einzige Möglichkeit geben. Das Wasserwesen blieb wenige Meter vor Alizar stehen und Alizar stieg der Geruch von verfaultem Fisch in die Nase. Sie blickte dem Wesen ins Gesicht. Es war noch tausendmal furchteinflößender, diese Kreuzung aus Fisch und Krokodil aus der unmittelbaren Nähe zu sehen. Aber wieder waren es die Augen, die Alizar frösteln ließen.

Fall

»Was seht Ihr, Mensch?«, fragte das Fischwesen Alizar mit strenger Stimme und Alizar fehlten die Worte auf diese ungewöhnliche Frage. Sie rief sich ins Gedächtnis, dass das Wesen sie lesen konnte. Sie durfte nicht lügen. »Eure Augen. Sie sind so menschlich«, antwortete Alizar wahrheitsgemäß mit zitternder Stimme. Mit einem Satz war das Wesen direkt vor ihr und blickte auf sie hinab. Wulstige Lippen verzogen sich zu einem abschätzigen Lächeln und spitze Zähne traten hervor. Das Wesen musterte Alizar und hob die Hand – und die übrigen Wasserwesen ließen von den Gabenträgern ab. Diese blieben reglos stehen, sie waren ihrer Sinne noch nicht wieder mächtig.

»Einst war ich schöner als Ihr, Mensch, doch meine Schönheit wurde mir gestraft. Ich saß oft an diesem See und ergötzte mich am Anblick meiner Reflexion. Doch auch das ist mir nicht mehr vergönnt!«, sprach das Ungeheuer mit verbitterter Stimme und blickte nach unten. Alizar folgte dem Blick und sah, dass dort, wo das Wesen stand, der See tintenschwarz war und das Wesen sich nicht auf der Wasseroberfläche spiegelte. Die Bestie starrte Alizar an und Alizar spürte, wie es sich an ihren Gedanken bediente. Es war unmöglich, die Angst zu unterdrücken, und sie schluckte.

»Sagt, Alizar, wie kommt es, dass Ihr an der Seite der Gabenträger gegen mich kämpft?«, fragte die Anführerin nun und Alizar blickte wieder in ihr Gesicht. »Ich will, dass es Frieden gibt«, gestand Alizar und das Wasserwesen blickte sie missbilligend an. »Ihr kämpft also für den Frieden?«, wiederholte das Wesen nun Alizars Worte mit abfälligem Ton. Alizar nickte unsicher und war sich des Widerspruchs ihrer Worte bewusst. Das Wesen beugte sich zu ihr und fauliger Atem traf Alizars Gesicht, als es heimtückisch flüsterte: »Aber würdet Ihr auch für den Frieden sterben, Alizar?«

Wie versteinert starrte Alizar das Wesen an. Das Raubtier spielte mit ihr. Alizar ließ ihren Blick heimlich zu den Gabenträgern schweifen und sie sah, dass diese langsam wieder zu sich kamen. Was immer die Anführerin mit ihnen gemacht hatte, sie erholten sich von ihrer Trance. Alizar musste Zeit schinden. »Ich würde dafür sterben, das Mittel zu erhalten, das Martagon und Darilath rettet, um noch mehr Tote zu vermeiden«, erklärte Alizar und sie wusste nicht, ob sie es ernst meinte oder nicht. Und bevor sie es sich versah, fragte sie kühn: »Ihr wisst meinen Namen, doch darf ich auch Euren erfahren, Eure Hoheit?«

Die letzten Worte waren riskant gewählt, doch nicht zuletzt waren es die Worte gewesen, das Wesen habe den See zu ihrem Palast gemacht, die Alizar glauben ließen, dass das Wesen sich für etwas Königliches hielt. Das Wasserwesen kreischte und Alizar zersprangen fast die Ohren. »Habt Ihr es denn noch nicht erraten?«, schrie das Wasserwesen erzürnt. Gequälte Augen fixierten sie. Alizar erschrak und trat einen Schritt zurück.

Einst war ich schöner als Ihr, Mensch, doch meine Schönheit wurde mir gestraft. Ich saß oft an diesem See und ergötzte mich am Anblick meiner Reflexion. »Die Götter haben mich mit diesem See gestraft!«

Da begriff Alizar endlich, wer oder was vor ihr stand. Sie erstarrte. »Ihr ... Ihr wart ein Mensch«, flüsterte Alizar und blickte zu den gelben Blumen am Wasserufer. Es waren Narzissen. Alizar kannte die Sage, doch offensichtlich nur eine abgeschwächte Form. »Im See gibt es eine Pflanze, die erst blüht, seitdem ich erwacht bin«, erklärte das Wesen. »Aber Ihr werdet selbst hinuntertauchen und sie besorgen!«, forderte Narzissa und Alizar riss die Augen auf. *Sie* sollte hinuntertauchen? »Aber Eure Wesen werden mich nicht anrühren!«, befahl Alizar und zweifelte in diesem Moment an ihrem Einfall. Doch hatte sie eine andere Wahl? Sie blickte sich um. Die Wasserwesen krochen zurück ins Wasser und zogen ihre verstorbenen Artgenossen mit sich, sodass am Ufer nur noch Gabenträger standen. Narzissa war mit einem Mal bei Jezael. »Ihr werdet heute Nacht wiederkehren und

Euren Mottenprinz behalte ich bis dahin als Pfand!« Das Wesen zog Jezael in die Tiefen und Alizar fiel entsetzt auf die Knie. In diesem Moment kamen die Gabenträger zu sich. Sie sahen sich desorientiert um und verstanden nicht, was passiert war.

»Sie hat ihn mitgenommen! Ich ... ich habe etwas ausgehandelt!«, rief Alizar und kniff verzweifelt ihre Augen zusammen. Karul war sofort bei ihr und starrte sie fassungslos an. Er musterte sie von oben bis unten und suchte nach Verletzungen, dann blickte er an sich hinunter. Er hatte etliche Kratzer, glücklicherweise aber keinen Biss abbekommen. »Du hast *was* gemacht?«, fragte er tonlos. Die anderen Gabenträger scharten sich nun auch um sie und blickten sich suchend um. »Es sah so schlecht aus, aber niemand schien das zu bemerken. Sie hat Jezael und ...« Alizar versuchte, die Situation zusammenzufassen, doch die Tränen liefen über ihr Gesicht. Sie hatte nicht damit gerechnet, dass Narzissa Jezael bei sich behalten würde. Die anderen Gabenträger überblickten nun auch das Ausmaß. Fast ein Drittel war nicht mehr aufzufinden. Ein weiteres Drittel war schwer verletzt.

Tio und Aras kamen nun auf sie zugelaufen und eilten Alizar zu Hilfe, denn ihr fehlten die Worte. Die beiden Gabenträger hatten mitbekommen, was geschehen war, sie waren weit genug entfernt gewesen, um nicht in Narzissas Bann gezogen zu werden. In kurzen Worten erklärten sie das Fehlen des Prinzen. Alizar fühlte sich elend. »Der Verschleierungszauber bricht zusammen, Vron kann ihn nicht mehr lange halten!«, rief Tio mit Blick auf Vron, die noch immer im Sand saß. »Wir müssen weg!«, rief nun auch Jiron und legte Alizar eine schwere Hand auf die Schulter. Alizar blickte sich um und sah in traurige und müde Gesichter. Die Verluste waren groß. Und Jezael ... »Wir können ihn nicht zurücklassen!«, flüsterte sie heiser. Jiron zog sie auf die Füße. »Wir müssen den Handel einhalten!«, gab er eindringlich zurück.

»Es wären alle gestorben, wenn ich nicht eingegriffen hätte«, begann sie und versuchte, sich selbst davon zu überzeugen. »Sie hat ihn einfach mitgenommen, ich wusste nicht ...«, fuhr sie fort und es fühlte sich an wie eine Ohnmacht.

Alizar starrte auf den See. Dann schrie sie: »Narzissa!«, sodass alle um sie herum zusammenzuckten. Narzissa sprang aus dem Wasser und lachte gefährlich auf.» Ganz richtig, Menschenmädchen. Vor vielen Jahren war mein Name Narzissa. Ich war es, die an diesem Seeufer saß und ihr Spiegelbild bewundert hat.« Dann schrie sie: »Bis ich darin ertrunken bin!« Alizar blickte das Wesen fassungslos an. »So straften die Götter mich damit, den See nie verlassen zu können, denn sie gaben mir die Schuld. Und niemand kam mich retten, hatte ich doch alle Menschen von mir gestoßen, denn meine eigene Liebe war mir stets genug«, erklärte Narzissa und Alizar konnte sie nur anstarren, denn sie wirkte menschlicher denn je.

»Doch nicht einmal mein Anblick ist mir geblieben!«, kreischte Narzissa nun wieder und alles Menschliche an ihr verschwand. Sie hob ihre Krallenhand dorthin, wo sie sich auf der Wasseroberfläche reflektieren müsste, doch nur das Wasser bewegte sich und der tintenschwarze Fleck blieb. »Irgendwann wurde ich müde und legte mich zur Ruhe. Es war beinahe so, als hätte ich Frieden gefunden, doch dann hat mich etwas geweckt. Etwas, das mir freundlich ins Gesicht gelächelt und mir im nächsten Moment eine Hand abgeschlagen hat. Die Erinnerung ist verblasst, doch ich biss damals zu und schmeckte denselben Hochmut wie bei diesem Volk!«, knurrte sie und deutete mit ihrem Stumpf auf die Gabenträger.

Das erklärte, warum der See und die Krone sich zur selben Zeit verändert hatten. Narzissa war erwacht und die Krone hatte ihre Klaue gebraucht. War das das Mittel, das die Krone nutzte, um die Gabenträger untüchtig zu machen? Aber wer hatte ihr die Klaue abgetrennt? Alizar nahm tief Luft und flüsterte: »Schaut in meine Seele und Ihr werdet spüren, dass es mir aufrichtig leidtut, was Euch widerfahren ist. Aber ich kann es nicht rückgängig machen. Ich möchte

Euch aber einen Handel anbieten«, fuhr Alizar mutig fort und hoffte, ihre Worte zu überleben.

»Ich gebe Euch etwas, das Ihr lange Zeit vermisst habt und Ihr gebt mir, was die Gabenträger brauchen, um die Krone zu stürzen«, sprach Alizar weiter. Narzissa hielt inne und sah Alizar skeptisch an. Ihre Blicke trafen sich und mit einem Mal konnte Alizar sich vorstellen, wie das Wesen vor ihr einmal eine junge Frau gewesen war. »Und was wäre das?«, fragte Narzissa und Alizar hätte jubeln können, dass sie darauf einging. »Ich werde Euch Euren Anblick zurückgeben«, antwortete Alizar ruhig. »Und dafür bekommen wir das Mittel!« Alizar schluckte und verlangte mit bebender Stimme: »Und Ihr werdet Jezael Al Varis kein Haar krümmen! «

Narzissa starrte Alizar an und ließ ihren Krokodilschwanz ins Wasser peitschen, als sie eine Entscheidung getroffen hatte. Das Wesen nickte. Alizar streckte dem Ungeheuer die Hand entgegen. Einen Moment blickte es befremdet auf die Hand, als müsse es sich erinnern, was diese Geste bedeutete, doch dann spürte Alizar kalte, schuppige Finger, die sich um die ihren schlossen. Narzissa verschwand wieder im Wasser und Alizar blieb aufgelöst zurück. Sie hatte ein Versprechen gemacht, von dem sie nicht wusste, ob sie es würde halten können.

Wir geben nicht auf, erinnerte sich Alizar an Jezaels Worte und atmete tief durch. »Wir holen ihn zurück«, sagte Rami in diesem Moment, doch Alizar bemerkte, wie hoffnungslos er wirkte. Es war, als würde niemand daran glauben. Sie setzten sich in Bewegung, denn die Zeit drängte. Die, die noch nachtreisen konnten, stützten die Verletzten und brachten sie zurück nach Elypsa. Alizar heilte rasch zwei Bisse, um den Gabenträgern das Reisen zu vereinfachen. Dann kam auch schon Rami auf sie zu und bedeutete ihr, dass sie sofort nach Elypsa reisen mussten. So tiefschwarz wie Narzissas verfluchte Reflexion, dachte Alizar und wünschte sich, zwischen Tulophidel und Elypsa von der Nacht verschluckt zu bleiben. Als würde ihr Wunsch erhört werden, blieb die alles verschlingende Dunkelheit. Alizar probierte zu blinzeln. Waren sie in Elypsa? Die Finsternis blieb. Doch was war das? Es war, als würde etwas auf sie zufliegen. Alizars Blick folgte dem schwirrenden Ding, das sich auf sie zubewegte. Schon bald konnte Alizar erkennen, was es war: Es war ein Falter. Doch seine Flügel waren so rot, wie es nur vergossenes Blut sein konnte.

Über die Autorin

Linda M. Shey verbrachte ihre Kindheit und Jugend nie lange am selben Ort und durfte so schon früh viele eindrucksvolle Erfahrungen sammeln, die später ihre Erzählungen prägen. In ihrer Grundschulzeit entdeckt sie die Liebe zur Epik, in der Jugend zur Poesie und später den Mut, literarische Texte zu veröffentlichen. Als Geschichtenerzählerin, Mama, Gesundheits- und Krankenpflegerin, Ehefrau und Mensch liegen ihr Themen wie Menschenrechte, Gesundheit, Umwelt- und Tierschutz sehr am Herzen. In ihrer Freizeit experimentiert sie in der Küche oder mit Worten, ist in der Natur oder steckt die Nase in Bücher. Mit »Von Narren und Nachtfaltern« veröffentlicht sie den ersten Band ihrer »Hiraeth-Chroniken«.

Teil 2 aus den »Hiraeth-Chroniken«

»Von Stille und Steinfaltern«

Im zweiten Band der »Hiraeth-Chroniken« stehen Alizar und der Rat der Darilen vor der Herausforderung, ihre Vereinbarung mit Narzissa zu erfüllen. Ihre Suche führt sie nach Myryndir, ins Gebirge der Steinfalter, wo sie vor neuen Prüfungen stehen. Sie fordern im Austausch für ihre Unterstützung ein Versprechen, das unter den Anwesenden niemand leichtfertig abgeben würde. Doch angesichts der drängenden Zeit müssen Alizar und die Nachtfalter abwägen, was schwerer wiegt: das Schicksal zweier Nationen oder das Leben eines Einzelnen?

Weitere Bücher bei 8280-edition.ch

»Gedankensturm«

Leandra Mattea, nimmt die Leser*innen mit auf eine berührende Reise. Die junge Autorin schreibt seit mehreren Jahren Poetry Slams, mit welchen sie regelmässig auf Bühnen steht.

Ihre Slams, wie auch die Gedichte in ihrem Buch, charakterisiert durch Einfachheit und Tiefgründigkeit, erforschen Themen wie Liebe, Schmerz, Hoffnung und Alltagskämpfe. Sie reflektieren die Gefühle und Gedanken der Autorin, regen zur Reflexion eigener Erfahrungen an und bauen eine tiefgehende Verbindung zur Leserin / zum Leser auf.